「新しい戦前」の時代、やっぱり安吾でしょ

坂口安吾傑作選

本の泉社

目次

【本書の編集について】

＊本書の文字表記については原文を尊重しつつ、新字体および新仮名遣いにあらため、ふり仮名、傍点は加減しました。適宜、語注を付しています。

＊作品中には、今日では不適切とされる表現が見受けられますが、著者が故人であることを考え、原文通りとしました。

＊『坂口安吾全集』（ちくま文庫全18巻）を底本としています。

白痴

その家には人間と豚と犬と鶏と家鴨《あひる》が住んでいたが、まったく、住む建物も各々の食物も殆《ほとん》ど変っていやしない。物置のようなひん曲った建物があって、階下には主人夫婦、天井裏には母と娘が間借りしていて、この娘は相手の分らぬ子供を孕《はら》んでいる。

伊沢の借りている一室は母屋から分離した小屋で、ここは昔この家の肺病の息子がねていたそうだが、肺病の豚にも贅沢すぎる小屋ではない。それでも押入と便所と戸棚がついていた。

主人夫婦は仕立屋で町内のお針の先生などもやり（それ故肺病の息子を別の小屋へ入れたのだ）町会の役員などもやっている。間借りの娘は元来町会の事務員だったが、町会事務所に寝泊りしていて町会長と仕立屋を除いた他の役員の全部の者（十数人）と公平に関係を結んだそうで、そのうちの誰かの種を宿したわけだ。そこで町会の役員共が醵金《きょきん》してこの屋根裏で子供の始末をつけさせようというのだが、世間は無駄がないもので、役員の一人に豆腐屋がいて、この男だけ娘が姙娠してこの屋根裏にひそんだ後も通ってきて、結局娘はこの男の妾のようにきまってしまった。他の役員共はこれが分るとさっそく醵金をやめてしまい、この分れ目の一ケ月分の生活費は豆腐屋が負担すべきだと主張して、支払いに応じない八百屋と時計屋と地主と何屋だか七八人あり（一人当り金五円）娘は今に至るまで地団駄ふんでいる。

この娘は大きな口と大きな二つの眼の玉をつけていて、そのくせひどく痩せこけていた。家鴨を嫌って、鶏にだけ食物の残りをやろうとするのだが、家鴨が横からまきあげるので、毎日腹を立てて家鴨を追っかけている。大きな腹と尻を前後に突きだして奇妙な直立の姿勢で走る恰好が家鴨に似ているのであった。

この路地の出口に煙草屋があって、五十五という婆さんが白粉《おしろい》つけて住んでおり、七人目とか八人目とかの情夫を追いだして、その代りを中年の坊主にしようか矢張り中年の何屋だかにしようかと煩悶中の由であり、若い男が裏口から煙草を買いに行くと幾つか売ってくれる由で（但し闇値）先生（伊沢のこと）も裏口から行ってごらんなさいと仕立屋が言うのだが、あいにく伊沢は勤め先で特配があるので婆さんの世話にならずにすんでいた。

ところがその筋向いの米の配給所の裏手に小金を握った未亡人が住んでいて、兄（職工）と妹と二人の子供があるのだが、この真実の兄妹が夫婦の関係を結んでいる。けれども未亡人は結局その方が安上りだと黙認しているうちに、兄の方に女ができた。そこで妹の方をかたづける必要があって親戚に当る五十とか六十とかの老人のところへ嫁入りということになり、妹が猫イラズを飲んだ。飲んでおいて仕立屋（伊沢の下宿）へお稽古にきて苦しみはじめ、結局死んでしまったが、そのとき町内の医者が心臓麻痺の診断書をくれて話はそのまま消えてしまった。え？　どの医者がそんな便利な診断書をくれるんですか、と伊沢が仰天して訊ねると、仕立屋の方が呆気《あっけ》にとられた面持で、なんですか、よそじゃ、そうじゃないんですか、と訊いた。

このへんは安アパートが林立し、それらの部屋の何分の一かは妾と淫売が住んでいる。それらの女達には子供がなく、又、各々の部屋を綺麗にするという共通の性質をもっているので、そのために管理人に喜ばれて、その私生活の乱脈さ背徳性などは問題になったことが一度もない。アパートの半数以上は軍需工場の寮となり、そこにも女子挺身隊*の集団が住んでいて、何課の誰さんの愛人だの課長殿の戦時夫人（というのはつまり本物の夫人は疎開中ということだ）だの重役の二号だの会社を休んで月給だけ貰っている妊娠中の挺身隊だのがいるのである。中に一人五百円の妾というのが一戸を構えていて羨望の的である。

＊女子挺身隊＝アジア太平洋戦争中に創設した勤労奉仕団体のひとつ。主に未婚女性によって構成され、工場労働などにあたった。敗戦直前の国民勤労動員令によって国民義勇隊に改組し消滅。

った。人殺しが商売だったという満洲浪人*(この妹は仕立屋の弟子)の隣は指圧の先生で、その隣は仕立屋銀次**の流れをくむその道の達人だということであり、その裏に海軍少尉がいるのだが、毎日魚を食い珈琲をのみ缶詰をあけ酒を飲み、このあたりは一尺掘ると水がでるので、防空壕の作りようもないというのに、少尉だけはセメントを用いて自宅よりも立派な防空壕をもっていた。又、伊沢が通勤に通る道筋の百貨店(木造二階建)は戦争で商品がなく休業中だが、二階では連日賭場が開帳されており、その顔役は幾つかの国民酒場***を占領して行列の人民共を睨《にら》みつけて連日泥酔していた。

伊沢は大学を卒業すると新聞記者になり、つづいて文化映画の演出家(まだ見習いで単独演出したことはない)になった男で、二十七の年齢にくらべれば裏側の人生にいくらか知識はある筈で、政治家、軍人、実業家、芸人などの内幕に多少の消息は心得ていたが、場末の小工場とアパートにとりかこまれた商店街の生態がこんなものだとは想像もしていなかった。戦争以来人心が荒《すさ》んだせいだろうと訊いてみると、いえ、なんですよ、このへんじゃ、先からこんなものでしたねえ、と仕立屋は哲学者のような面持で静かに答えるのであった。

けれども最大の人物は伊沢の隣人であった。

この隣人は気違いだった。相当の資産があり、わざわざ路地のどん底を選んで家を建てたのも気違いの心づかいで、泥棒乃至《ないし》無用の者の侵入を極度に嫌った結果だろうと思われる。なぜなら、路地のどん底に辿りつきこの家の門をくぐって見廻すけれども戸口というものがないからで、見渡す限り格子のはまった窓ばかり、この家の玄関は門と正反対の裏側にあって、要するにいっぺんグルリと建物を廻った上でないと辿りつくことができない。無用の侵入者は匙を投げて引下る仕組であり、乃至は玄関を探してうろつくうちに何者かの侵入を見破って警戒管制に入るという仕組でもあって、隣人は浮世の俗物どもを好んでいないのだ。この家は相当間数のある二階建であったが、内部の仕掛に就いては物知りの仕立屋も多く知らなかった。

気違いは三十前後で、母親があり、二十五六の女房があった。母親だけは正気の人間の部類に属している筈だという話であったが、強度のヒステリイで、配給に不服があると跣《はだ》足《し》で町会へ乗込んでくる町内唯一の女傑であり、気違いの女房は白痴であった。ある幸多き年のこと、気違いが発心《ほっしん》して白装束に身をかため四国遍路に旅立ったが、そのとき四国

＊満洲浪人＝大陸浪人などとも呼ばれ、おもに満洲で軍や財閥、商社、日本政府の出先機関に出入りし、情報を流したり内密の指示を受けたりした政治ゴロや右翼といった怪しげな者たち。＊＊仕立屋銀次＝明治時代の東京のスリの親分。本名富田銀蔵。＊＊＊国民酒場＝第二次大戦末期の一九四四年、東京の飲食店や劇場などが一年間の休業命令をうけ、それに代わって登場した公営の大衆酒場。ビール一本、酒一合だけを飲ませた。

のどこかしらで白痴の女と意気投合し、遍路みやげに女房をつれて戻ってきた。気違いは風采堂々たる好男子であり、白痴の女房はこれも然《しか》るべき家柄の然るべき娘のような品の良さで、眼の細々とうっとうしい、瓜実顔の古風の人形か能面のような美しい顔立ちで、二人並べて眺めただけでは、美男美女、それも相当教養深遠な好一対としか見受けられない。気違いは度の強い近眼鏡をかけ、常に万巻の読書に疲れたような憂わしげな顔をしていた。

ある日この路地で防空演習があってオカミさん達が活躍していると、着流し姿でゲタゲタ笑いながら見物していたのがこの男で、そのうち俄に防空服装に着かえて現れて一人のバケツをひったくったかと思うと、エイとか、ヤーとか、ホーホーという数種類の奇妙な声をかけて水を汲み水を投げ、梯子をかけて塀に登り、屋根の上から号令をかけ、やがて一場の演説（訓辞）を始めた。伊沢はこのときに至って始めて気違いであることに気付いたので、この隣人は時々垣根から侵入してきて仕立屋の豚小屋で残飯のバケツをぶちまけついでに家鴨に石をぶつけ、全然何食わぬ顔をして鶏に餌をやりながら突然蹴とばしたりするのであったが、相当の人物と考えていたので、静かに黙礼などを取交していたのであった。

だが、気違いと常人とどこが違っているというのだ。違っているといえば、気違いの方が常人よりも本質的に慎み深いぐらいのもので、気違いは笑いたい時にゲタゲタ笑い、演説したい時に演説をやり、家鴨に石をぶつけたり、二時間ぐらい豚の顔や尻を突ついていたりする。けれども彼等は本質的にはるかに人目を怖れており、私生活の主要な部分は特別細心の注意を払って他人から絶縁しようと腐心している。門からグルリと一廻りして玄関をつけたのもそのためであり、彼等の私生活は概して物音がすくなく、他に対して無用なる饒舌に乏しく、思索的なものであった。路地の片側はアパートで伊沢の小屋にのしかかるように年中水の流れる音と女房どもの下品な声が溢れており、姉妹の淫売が住んでいて、姉に客のある夜は妹が廊下を歩きつづけており妹に客のある時は姉が深夜の廊下を歩いている。気違いがゲタゲタ笑うというだけで人々は別の人種だと思っていた。

白痴の女房は特別静かでおとなしかった。何かおどおどと口の中で言うだけで、その言葉は良くききとれず、言葉のききとれる時でも意味がハッキリしなかった。料理も、米を炊くことも知らず、やらせれば出来るかも知れないが、ヘマをやって怒られるとおどおどして益々ヘマをやるばかり、配給物をとりに行っても自身では何もできず、ただ立っているというだけで、みんな近所の者がしてくれるのだ。気違いの女房ですもの白痴でも当然、その上の慾を言ってはいけますまいと人々が言うが、母親は大の不服で、女が御飯ぐらい炊けなくって、と怒っている。それでも常はたしなみのある品の良い婆さんなのだが、何がさて一方ならぬヒステリイで、狂い出すと気違い以上に獰猛で三人の気違いのうち婆さんの叫喚が頭ぬけて騒がしく病的だった。白痴の女は怯《おび》えてしまって、何事もない平和な日々ですら常におどおどし、人の跫音《あしおと》にもギクリとして、伊沢がヤアと挨拶すると却《かえ》ってボンヤリして立ちすくむのであった。

白痴の女も時々豚小屋へやってきた。気違いの方は我家の如くに堂々と侵入してきて家鴨に石をぶつけたり豚の頰っぺたを突き廻したりしているのだが、白痴の女は音もなく影の如くに逃げこんできて豚小屋の蔭に息をひそめているのであった。いわば此処は彼女の待避所で、そういう時には大概隣家でオサヨさんオサヨさんとよぶ婆さんの鳥類的な叫びが起り、そのたびに白痴の身体はすくんだり傾いたり反響を起し、仕方なく動き出すには虫の抵抗の動きのような長い反復があるのであった。

新聞記者だの文化映画の演出家などは賤業中の賤業であった。彼等の心得ているのは時代の流行ということだけで、動く時間に乗遅れまいとすることだけが生活であり、自我の追求、個性や独創というものはこの世界には存在しない。彼等の日常の会話の中には会社員だの官吏だの学校の教師に比べて自我だの人間だの個性だの独創だのという言葉が氾濫しすぎているのであったが、それは言葉の上だけの存在であり、有金をはたいて女を口説いて宿酔《ふつかよい》の苦痛が人間の悩みだと云うような馬鹿馬鹿しいものなのだった。ああ日の丸の感激だの、兵隊さんよ有難う、思わず目頭が熱くなったり、ズドズドズドは爆撃の音、無我夢中で地上に伏し、パンパンパンは機銃の音、およそ精神の高さもなければ一行の実感すらもない架空の文章に憂身をやつし、映画をつくり、戦争の表現とはそういうものだと思いこんでいる。又ある者は軍部の検閲で書きようがないと言うけれども、他に真実の文章の心当りがあるわけでなく、文章自体の真実や実感は検閲などには関係のない存在だ。要するに如何なる時代にもこの連中には内容がなく空虚な自我があるだけだ。流行次第で右から左へどうにでもなり、通俗小説の表現などからお手本を学んで時代の表現だと思いこんでいる。事実時代というものは只《ただ》それだけの浅薄愚劣なものでもあり、日本二千年の歴史を覆すこの戦争と敗北が果して人間の真実に何の関係があったであろうか。最も内省の稀薄な意志と衆愚の妄動だけによって一国の運命が動いている。部長だの社長の前で個性だの独創だのと言い出すと顔をそむけて馬鹿な奴だという言外の表示を見せて、兵隊さんよ有難う、ああ日の丸の感激、思わず目頭が熱くなり、ＯＫ、新聞記者とはそれだけで、事実、時代そのものがそれだけだ。

師団長閣下の訓辞を三分間もかかって長々と写す必要がありますか、職工達の毎朝のノリトのような変テコな唄を一から十まで写す必要があるのですか、と訊いてみると、部長はプイと顔をそむけて舌打ちしてやにわに振向くと貴重品の煙草をグシャリ灰皿へ押しつぶして睨みつけて、おい、怒濤の時代に美が何物だい、芸術は無力だ！　ニュースだけが真実なんだ！　と呶鳴《どな》るのであった。演出家どもは演出家どもで、企画部員は企画部員で、徒党を組み、徳川時代の長脇差と同じような情誼《じょうぎ》の世界をつくりだし義理人情で才能を処理して、会社員よりも会社員的な順番制度をつくっている。それによって各自の凡庸さを擁護し、芸術の個性と天才による争覇を罪悪視し組合違反と心得て、相互扶助の精神によるオ能の貧困の救済組織を完備していた。内にあっては才能の貧困の救済組織であるけれども外に出ではアルコールの獲得組織で、この徒党は国民酒場を占領し三四本ずつビールを飲み酔っ払って芸術を論じている。彼等の帽子や長髪やネクタイや上着《ブルース》は芸術家であったが、彼等の魂や根性は会社員よりも会社員的であった。伊沢は芸術の独創を信じ、個性の独自性を諦めることができないので、義理人情の制度の中で安息することができないばかりか、その凡庸さと低俗卑劣な魂を憎まずにいられなかった。彼は徒党の除け者となり、挨拶しても返事もされず、中には睨む者もある。思いきって社長室へ乗込んで、戦争と芸術性の貧困とに理論上の必然性がありますか。それとも軍部の意思ですか、ただ現実を写すだけならカメラと指が二三本あるだけで沢山ですよ。如何なるアングルによって之《これ》を裁断し芸術に構成するかという特別な使命のために我々芸術家の存在が——社長は途中に顔をそむけて苦りきって煙草をふかし、お前はなぜ会社をやめないのか、徴用が怖いからか、という顔附で苦笑をはじめ、会社の企画通り世間なみの仕事に精をだすだけで、それで月給が貰えるならよけいなことを考えるな、生意気すぎるという顔附になり、一言も返事せずに、帰れという身振りを示すのであった。賤業中の賤業でなくて何物であろうか。ひと思いに兵隊にとられ、考える苦しさから救われるなら、弾丸も飢餓もむしろ太平楽のようにすら思われる時があるほどだった。

伊沢の会社では「ラバウルを陥《おと》すな」とか「飛行機をラバウルへ！」とか企画をたてコンテを作っているうちに米軍はもうラバウルを通りこしてサイパンに上陸していた。「サイパン決戦！」企画会議も終らぬうちにサイパン玉砕、そのサイパンから米機が頭上にとびはじめている。「焼夷弾の消し方」「空の体当り」「ジャガ芋の作り方」「一機も生きて返すまじ」「節電と飛行機」不思議な情熱であった。底知れぬ退屈を植えつける奇妙な映画が次々と作られ、生フィルムは欠乏し、動くカメラは少なくなり、芸術家達の情熱は白熱的に狂躁し「神風特攻隊」「本土決戦」「ああ桜は散りぬ」何ものかに憑かれた如く彼等の詩情は興奮している。そして蒼ざめた紙の如く退屈無限の映画がつくられ、明日の東京は廃墟になろうとしていた。

伊沢の情熱は死んでいた。朝目がさめる。今日も会社へ行くのかと思うと睡《ねむ》くなり、うとうとすると警戒警報がなりひびき、起き上りゲートルをまき煙草を一本ぬきだして火をつける。ああ会社を休むとこの煙草がなくなるのだな、と考えるのであった。

ある晩、おそくなり、ようやく終電にとりつくことのできた伊沢は、すでに私線がなかったので、相当の夜道を歩いて我家へ戻ってきた。あかりをつけると奇妙に万年床の姿が見えず、留守中誰かが掃除をしたということも、誰かが這入《はい》ったことすらも例がないので訝《いぶか》りながら押入をあけると、積み重ねた蒲団の横に白痴の女がかくれていた。不安の眼で伊沢の顔色をうかがい蒲団の間へ顔をもぐらしてしまったが、伊沢の怒らぬことを知ると、安堵のために親しさが溢れ、呆れるぐらい落着いてしまった。口の中でブツブツと呟くようにしか物を言わず、その呟きもこっちの訊ねることと何の関係もないことをああ言い又こう言い自分自身の思いつめたことだけをそれも至極漠然と要約して断片的に言い綴っている。伊沢は問わずに事情をさとり、多分叱られて思い余って逃げこんで来たのだろうと思ったから、無益な怯えをなるべく与えぬ配慮によって質問を省略し、いつごろどこから這入ってきたかということだけを訊ねると、女は訳の分らぬことをあれこれブツブツ言ったあげく、片腕をまくりあげて、その一ケ所をなでて（そこにはカスリ傷がついていた）、私、痛いの、とか、今も痛むの、とか、さっきも痛かったの、とか、色々時間をこまかく区切っているので、ともかく夜になってから窓から這入ったことが分った。跣足で外を歩きまわって這入ってきたから部屋を泥でよごした、ごめんなさいね、という意味も言ったけれども、あれこれ無数の袋小路をうろつき廻る呟きの中から意味をまとめて判断するので、ごめんなさいね、がどの道に連絡しているのだか決定的な判断はできないのだった。

深夜に隣人を叩き起して怯えきった女を返すのもやりにくいことであり、さりとて夜が明けて女を返して一夜泊めたということが如何なる誤解を生みだすか、相手が気違いのことだから想像すらもつかなかった。ままよ、伊沢の心には奇妙な勇気が湧いてきた。その実体は生活上の感情喪失に対する好奇心と刺戟《しげき》との魅力に惹かれただけのものであったが、どうにでもなるがいい、ともかくこの現実を一つの試錬と見ることが俺の生き方に必要なだけだ。白痴の女の一夜を保護するという眼前の義務以外に何を考え何を怖れる必要もないのだと自分自身に言いきかした。彼はこの唐突千万な出来事に変に感動していることを羞《は》ずべきことではないのだと自分自身に言いきかせていた。

二つの寝床をしき女をねせて電燈を消して一二分もしたかと思うと、女は急に起き上り寝床を脱けでて、部屋のどこか片隅にうずくまっているらしい。それがもし真冬でなければ伊沢は強いてこだわらず眠ったかも知れなかったが、特別寒い夜更けで、一人分の寝床を二人に分割しただけでも外気がじかに肌にせまり身体の顫《ふる》えがとまらぬぐらい冷めたかった。起き上って電燈をつけると、女は戸口のところに襟をかき合せてうずくまっており、まるで逃げ場を失って追いつめられた眼の色をしている。どうしたの、ねむりなさい、と言えば呆気ないほどすぐ頷いて再び寝床にもぐりこんだが、電気を消して一二分もすると、又、同じように起きてしまう。それを寝床へつれもどして心配することはない、私はあなたの身体に手をふれるようなことはしないからと言いきかせると、女は怯えた眼附をして何か言訳じみたことを口の中でブツブツ言っているのであった。そのまま三たび目の電気を消すと、今度は女はすぐ起き上り、押入の戸をあけて中へ這入って内側から戸をしめた。

この執拗なやり方に伊沢は腹を立てた。手荒く押入を開け放してあなたは何を勘違いをしているのですか、あれほど説明もしているのに押入へ這入って戸をしめるなどとは人を侮辱するも甚しい、それほど信用できない家へなぜ逃げこんできたのですか、それは人を愚弄し、私の人格に不当な恥を与え、まるであなたが何か被害者のようではありませんか、茶番もいい加減にしたまえ。けれどもその言葉の意味もこの女には理解する能力すらもないのだと思うと、これくらい張合のない馬鹿馬鹿しさもないもので女の横ッ面を殴りつけてさっさと眠る方が何より気がきいていると思うのだった。すると女は妙に割切れぬ顔附をして何か口の中でブツブツ言っている、私は帰りたい、私は来なければよかった、という意味の言葉であるらしい。でも私はもう帰るところがなくなったから、と言うので、その言葉には伊沢もさすがに胸をつかれて、だから、安心してここで一夜を明かしたらいいでしょう、私が悪意をもたないのにまるで被害者のような思いあがったことをするから腹を立てただけのことです、押入の中などにはいらずに蒲団の中でおやすみなさい。すると女は伊沢を見つめて何か早口にブツブツ言う。え？　なんですか、そして伊沢は飛び上るほど驚いた。なぜなら女のブツブツの中から私はあなたに嫌われていますもの、という一言がハッキリききとれたからである。え、なんですって？　伊沢が思わず目を見開いて訊き返すと、女の顔は悄然として、私はこなければよかった、私はきらわれている、私はそうは思っていなかった、という意味の事をくどくどと言い、そしてあらぬ一ケ所を見つめて放心してしまった。

伊沢ははじめて了解した。

女は彼を怖れているのではなかったのだ。まるで事態はあべこべだ。女は叱られて逃げ場に窮してそれだけの理由によって来たのではない。伊沢の愛情を目算に入れていたのであった。だがいったい女が伊沢の愛情を信じることが起り得るような何事があったであろうか。豚小屋のあたりや路地や路上でヤアと云って四五へん挨拶したぐらい、思えばすべてが唐突で全く茶番に外ならず、伊沢の前に白痴の意志や感受性や、ともかく人間以外のものが強要されているだけだった。電燈を消して一二分たち男の手が女のからだに触れないために嫌われた自覚をいだいて、その羞しさに蒲団をぬけだすということが、白痴の場合はそれが真実悲痛なことであるのか、伊沢がそれを信じていいのか、これもハッキリは分らない。遂には押入へ閉じこもる。それが白痴の恥辱と自卑の表現と解していいのか、それを判断する為の言葉すらもないのだから、事態はともかく彼が白痴と同格に成り下る以外に法がない。なまじいに人間らしい分別が、なぜ必要であろうか。白痴の心の素直さを彼自身も亦《また》もつことが人間の恥辱であろうか。俺にもこの白痴のような心、幼い、そして素直な心が何より必要だったのだ。俺はそれをどこかへ忘れ、ただあくせくした人間共の思考の中でうすぎたなく汚れ、虚妄の影を追い、ひどく疲れていただけだ。

彼は女を寝床へねせて、その枕元に坐り、自分の子供、三ツか四ツの小さな娘をねむらせるように額の髪の毛をなでてやると、女はボンヤリ眼をあけて、それがまったく幼い子供の無心さと変るところがないのであった。私はあなたを嫌っているのではない、人間の愛情の表現は決して肉体だけのものではなく、人間の最後の住みかはふるさとで、あなたはいわば常にそのふるさとの住人のようなものなのだから、などと伊沢も始めは妙にしかつめらしくそんなことも言いかけてみたが、もとよりそれが通じるわけではないのだし、いったい言葉が何物であろうか、何ほどの値打があるのだろうか、人間の愛情すらもそれだけが真実のものだという何のあかしもあり得ない、生の情熱を託するに足る真実なものが果してどこに有り得るのか、すべては虚妄の影だけだ。女の髪の毛をなでていると、慟哭したい思いがこみあげ、さだまる影すらもないこの捉えがたい小さな愛情が自分の一生の宿命であるような、その宿命の髪の毛を無心になでているような切ない思いになるのであった。

この戦争はいったいどうなるのであろう。日本は負け米軍は本土に上陸して日本人の大半は死滅してしまうのかも知れない。それはもう一つの超自然の運命、いわば天命のようにしか思われなかった。彼には然《しか》しもっと卑小な問題があった。それは驚くほど卑小な問題で、しかも眼の先に差迫り、常にちらついて放れなかった。それは彼が会社から貰う二百円ほどの給料で、その給料をいつまで貰うことができるか、明日にもクビになり路頭に迷いはしないかという不安であった。彼は月給を貰う時、同時にクビの宣告を受けはしないかとビクビクし、月給袋を受取ると一月延びた命のために呆れるぐらい幸福感を味うのだが、その卑小さを顧みていつも泣きたくなるのであった。彼は芸術を夢みていた。その芸術の前ではただ一粒の塵埃でしかないような二百円の給料がどうして骨身にからみつき、生存の根底をゆさぶるような大きな苦悶になるのであろうか。生活の外形のみのことではなくその精神も魂も二百円に限定され、その卑小さを凝視して気も違わずに平然としていることが尚更なさけなくなるばかりであった。怒濤の時代に美が何物だい。芸術は無力だ！　という部長の馬鹿馬鹿しい大声が、伊沢の胸にまるで違った真実をこめ鋭いそして巨大な力で食いこんでくる。ああ日本は敗ける。泥人形のくずれるように同胞たちがバタバタ倒れ、吹きあげるコンクリートや煉瓦の屑と一緒くたに無数の脚だの首だの腕だのが舞いあがり、木も建物も何もない平な墓地になってしまう。どこへ逃げ、どの穴へ追いつめられ、どこで穴もろとも吹きとばされてしまうのだか、夢のような、けれどもそれはもし生き残ることができたら、その新鮮な再生のために、そして全然予測のつかない新世界、石屑だらけの野原の上の生活のために、伊沢はむしろ好奇心がうずくのだった。それは半年か一年さきの当然訪れる運命だったが、その訪れの当然さにも拘《かかわ》らず、夢の中の世界のような遥かな戯れにしか意識されていなかった。眼のさきの全《す》べてをふさぎ、生きる希望を根こそぎさらい去るたった二百円の決定的な力、夢の中にまで二百円に首をしめられ、うなされ、まだ二十七の青春のあらゆる情熱が漂白されて、現実にすでに暗黒の曠野の上を茫々と歩くだけではないか。

伊沢は女が欲しかった。女が欲しいという声は伊沢の最大の希望ですらあったのに、その女との生活が二百円に限定され、鍋だの釜だの味噌だの米だのみんな二百円の呪文《じゅもん》を負い、二百円の呪文に憑かれた子供が生まれ、女がまるで手先のように呪文に憑かれた鬼と化して日々ブツブツ呟いている。胸の灯も芸術も希望の光もみんな消えて、生活自体が道ばたの馬糞のようにグチャグチャに踏みしだかれて、乾きあがって風に吹かれて飛びちり跡形もなくなって行く。爪の跡すら、なくなって行く。女の背にはそういう呪文が絡《から》みついているのであった。やりきれない卑小な生活だった。彼自身にはこの現実の卑小さを裁く力すらもない。ああ戦争、この偉大なる破壊、奇妙奇天烈《きてれつ》な公平さでみんな裁かれ日本中が石屑だらけの野原になり泥人形がバタバタ倒れ、それは虚無のなんという切ない巨大な愛情だろうか。破壊の神の腕の中で彼は眠りこけたくなり、そして彼は警報がなるとむしろ生き生きしてゲートルをまくのであった。生命の不安と遊ぶことだけが毎日の生きがいだった。警報が解除になるとガッカリして、絶望的な感情の喪失が又はじまるのであった。

この白痴の女は米を炊くことも味噌汁をつくることも知らない。配給の行列に立っているのが精一杯で、喋《しゃべ》ることすらも自由ではないのだ。まるで最も薄い一枚のガラスのように喜怒哀楽の微風にすら反響し、放心と怯えの皺の間へ人の意志を受け入れ通過させているだけだ。二百円の悪霊すらも、この魂には宿ることができないのだ。この女はまるで俺のために造られた悲しい人形のようではないか。伊沢はこの女と抱き合い、暗い曠野を飄々と風に吹かれて歩いている、無限の旅路を目に描いた。

それにも拘らず、その想念が何か突飛に感じられ、途方もない馬鹿げたことのように思われるのは、そこにも亦卑小きわまる人間の殻が心の芯をむしばんでいるせいなのだろう。そしてそれを知りながら、しかも尚、わきでるようなこの想念と愛情の素直さが全然虚妄のものにしか感じられないのはなぜだろう。白痴の女よりもあのアパートの淫売婦が、そしてどこかの貴婦人がより人間的だという何か本質的な掟が在るのだろうか。けれどもまるでその掟が厳として存在している馬鹿馬鹿しい有様なのであった。

俺は何を怖れているのだろうか。まるであの二百円の悪霊が――俺は今この女によってその悪霊と絶縁しようとしているのに、そのくせ矢張り悪霊の咒文によって縛りつけられているではないか。怖れているのはただ世間の見栄だけだ。その世間とはアパートの淫売婦だの妾だの妊娠した挺身隊だの家鴨のような鼻にかかった声をだして喚いているオカミサン達の行列会議だけのことだ。そのほかに世間などはどこにもありはしないのに、そのくせこの分りきった事実を俺は全然信じていない。不思議な掟に怯えているのだ。

それは驚くほど短い（同時にそれは無限に長い）一夜であった。長い夜のまるで無限の続きだと思っていたのに、いつかしら夜が白み、夜明けの寒気が彼の全身を感覚のない石のようにかたまらせていた。彼は女の枕元で、ただ髪の毛をなでつづけていたのであった。

★

その日から別な生活がはじまった。

けれどもそれは一つの家に女の肉体がふえたということの外には別でもなければ変って

すらもいなかった。それはまるで嘘のような空々しさで、たしかに彼の身辺に、そして彼の精神に、新たな芽生えの唯一本の穂先すら見出すことができないのだ。その出来事の異常さをともかく理性的に納得しているというだけで、生活自体に机の置き場所が変ったほどの変化も起きてはいなかった。彼は毎朝出勤し、その留守宅の押入の中に一人の白痴が残されて彼の帰りを待っている。しかも彼は一足でると、もう白痴の女のことなどは忘れており、何かそういう出来事がもう記憶にも定かではない十年二十年前に行われていたかのような遠い気持がするだけだった。

戦争という奴が、不思議に健全な健忘性なのであった。まったく戦争の驚くべき破壊力や空間の変転性という奴はたった一日が何百年の変化を起し、一週間前の出来事が数年前の出来事に思われ、一年前の出来事などは、記憶の最もどん底の下積の底へ隔てられていた。伊沢の近くの道路だの工場の四囲の建物などが取りこわされ町全体がただ舞いあがる埃《ほこり》のような疎開騒ぎをやらかしたのもつい先頃のことであり、その跡すらも片づいていないのに、それはもう一年前の騒ぎのように遠ざかり、街の様相を一変する大きな変化が二度目にそれを眺める時にはただ当然な風景でしかなくなっていた。その健康な健忘性の雑多なカケラの一つの中に白痴の女がやっぱり霞んでいる。昨日まで行列していた駅前の居酒屋の疎開跡の棒切れだの爆弾に破壊されたビルの穴だの街の焼跡だの、それらの雑多のカケラの間にはさまれて白痴の顔がころがっているだけだった。

けれども毎日警戒警報がなる。時には空襲警報もなる。すると彼は非常に不愉快な精神状態になるのであった。それは彼の留守宅の近いところに空襲があり知らない変化が現に起っていないかという懸念であったが、その懸念の唯一の理由はただ女がとりみだして、とびだしてすべてが近隣へ知れ渡っていないかという不安なのだった。知らない変化の不安のために、彼は毎日明るいうちに家へ帰ることができなかった。この低俗な不安を克服し得ぬ惨めさに幾たび虚しく反抗したか、彼はせめて仕立屋に全てを打開けてしまいたいと思うのだったが、その卑劣さに絶望して、なぜならそれは被害の最も軽少な告白を行うことによって不安をまぎらす惨めな手段にすぎないので、彼は自分の本質が低俗な世間なみにすぎないことを呪《のろ》い憤るのみだった。

彼には忘れ得ぬ二つの白痴の顔があった。街角を曲る時だの、会社の階段を登る時だの、電車の人ごみを脱けでる時だの、はからざる随所に二つの顔をふと思いだし、そのたびに彼の一切の思念が凍り、そして一瞬の逆上が絶望的に凍りついているのであった。

その顔の一つは彼が始めて白痴の肉体にふれた時の白痴の顔だ。そしてその出来事自体はその翌日には一年昔の記憶の彼方へ遠ざけられているのであったが、ただ顔だけが切り放されて思いだされてくるのである。

その日から白痴の女はただ待ちもうけている肉体であるにすぎずその外の何の生活も、ただひときれの考えすらもないのであった。常にただ待ちもうけていた。伊沢の手が女の肉体の一部にふれるというだけで、女の意識する全部のことは肉体の行為であり、そして身体も、そして顔も、ただ待ちもうけているのみであった。驚くべきことに、深夜、伊沢の手が女にふれるというだけで、眠り痴《し》れた肉体が同一の反応を起し、肉体のみは常に生き、ただ待ちもうけているのである。眠りながらも！　けれども、目覚めている女の頭に何事が考えられているかと云えば、元々ただの空虚であり、在るものはただ魂の昏睡と、そして生きている肉体のみではないか。目覚めた時も魂はねむり、ねむった時もその肉体は目覚めている。在るものはただ無自覚な肉欲のみ。それはあらゆる時間に目覚め、虫の如き倦《う》まざる反応の蠢動を起す肉体であるにすぎない。

　も一つの顔、それは折から伊沢の休みの日であったが、白昼遠からぬ地区に二時間にわたる爆撃があり、防空壕をもたない伊沢は女と共に押入にもぐり蒲団を楯にかくれていた。爆撃は伊沢の家から四五百米《メートル》離れた地区へ集中したが、地軸もろとも家はゆれ、爆撃の音と同時に呼吸も思念も中絶する。同じように落ちてくる爆弾でも焼夷弾と爆弾では凄みにおいて青大将と蝮ぐらいの相違があり、焼夷弾にはガラガラという特別不気味な音響が仕掛けてあっても地上の爆発音がないのだから音は頭上でスウと消え失せ、竜頭蛇尾とはこのことで、蛇尾どころか全然尻尾がなくなるのだから、決定的な恐怖感に欠けている。けれども爆弾という奴は、落下音こそ小さく低いが、ザアという雨降りの音のようなただ一本の棒をひき、此奴が最後に地軸もろとも引裂くような爆発音を起すのだから、ただ一本の棒にこもった充実した凄味といったら論外で、ズドズドズドと爆発の足が近づく時の絶望的な恐怖ときては額面通りに生きた心持がないのである。おまけに飛行機の高度が高いので、ブンブンという頭上通過の米機の音も至極かすかに何食わぬ風に響いていて、それはまるでよそ見をしている怪物に大きな斧で殴りつけられるようなものだ。攻撃する相手の様子が不確かだから爆音の唸りの変な遠さが、甚だ不安であるところへ、そこからザアと雨降りの棒一本の落下音がのびてくる。爆発を待つまの恐怖、全く此奴は言葉も呼吸も思念もとまる。愈々《いよいよ》今度はお陀仏だという絶望が発狂寸前の冷たさで生きて光っているだけだ。

伊沢の小屋は幸い四方がアパートだの気違いだの仕立屋などの二階屋でとりかこまれていたので、近隣の家は窓ガラスがわれ屋根の傷んだ家もあったが、彼の小屋のみガラスに罅《ひび》すらもはいらなかった。ただ豚小屋の前の畑に血だらけの防空頭巾が落ちてきたばかりであった。押入の中で、伊沢の目だけが光っていた。彼は見た。白痴の顔を。虚空をつかむその絶望の苦悶を。

ああ人間には理智がある。如何なる時にも尚いくらかの抑制や抵抗は影をとどめているものだ。その影ほどの理智も抑制も抵抗もないということが、これほどあさましいものだとは！　女の顔と全身にただ死の窓へひらかれた恐怖と苦悶が凝りついていた。苦悶は動き苦悶はもがき、そして苦悶が一滴の涙を落している。もし犬の眼が涙を流すなら犬が笑うと同様に醜怪きわまるものであろう。影すらも理智のない涙とは、これほども醜悪なものだとは！　爆撃のさ中に於て四五歳乃至六七歳の幼児達は奇妙に泣かないものである。彼等の心臓は波のような動悸をうち、彼等の言葉は失われ、異様な目を大きく見開いているだけだ。全身に生きているのは目だけであるが、それは一見したところ、ただ大きく見開かれているだけで、必ずしも不安や恐怖というものの直接劇的な表情を刻んでいるというほどではない。むしろ本来の子供よりも却って理智的に思われるほど情意を静かに殺している。その瞬間にはあらゆる大人もそれだけで、或いはむしろそれ以下で、なぜならむしろ露骨な不安や死への苦悶を表わすからで、いわば子供が大人よりも理智的にすら見えるのだった。

白痴の苦悶は、子供達の大きな目とは似ても似つかぬものであった。それはただ本能的な死への恐怖と死への苦悶があるだけで、それは人間のものではなく、虫のものですらもなく、醜悪な一つの動きがあるのみだった。やや似たものがあるとすれば、一寸五分ほどの芋虫が五尺の長さにふくれあがってもがいている動きぐらいのものだろう。そして目に一滴の涙をこぼしているのである。

言葉も叫びも呻きもなく、表情もなかった。伊沢の存在すらも意識してはいなかった。人間ならばかほどの孤独が有り得る筈はない。男と女とただ二人押入にいて、その一方の存在を忘れ果てるということが、人の場合に有り得べき筈はない。人は絶対の孤独というが他の存在を自覚してのみ絶対の孤独も有り得るので、かほどまで盲目的な、無自覚な、絶対の孤独が有り得ようか。それは芋虫の孤独であり、その絶対の孤独の相のあさましさ。心の影の片鱗もない苦悶の相の見るに堪えぬ醜悪さ。

爆撃が終った。伊沢は女を抱き起したが、伊沢の指の一本が胸にふれても反応を起す女が、その肉慾すら失っていた。このむくろを抱いて無限に落下しつづけている、暗い、暗い、無限の落下があるだけだった。

彼はその日爆撃直後に散歩にでて、なぎ倒された民家の間で吹きとばされた女の脚も、腸のとびだした女の腹も、ねじきれた女の首も見たのであった。

三月十日の大空襲の焼跡もまだ吹きあげる煙をくぐって伊沢は当《あて》もなく歩いていた。人間が焼鳥と同じようにあっちこっちに死んでいる。ひとかたまりに死んでいる。まったく焼鳥と同じことだ。怖くもなければ、汚くもない。犬と並んで同じように焼かれている死体もあるが、それは全く犬死で、然しそこにはその犬死の悲痛さも感慨すらも有りはしない。人間が犬の如くに死んでいるのではなく、犬と、そして、それと同じような何物かが、ちょうど一皿の焼鳥のように盛られ並べられているだけだった。犬でもなく、もとより人間ですらもない。

白痴の女が焼け死んだら――土から作られた人形が土にかえるだけではないか。もしこの街に焼夷弾のふりそそぐ夜がきたら……伊沢はそれを考えると、変に落着いて沈み考えている自分の姿と自分の顔、自分の目を意識せずにいられなかった。俺は落着いている。そして、空襲を待っている。よかろう。彼はせせら笑うのだった。俺はただ醜悪なものが嫌いなだけだ。そして、元々魂のない肉体が焼けて死ぬだけのことではないか。俺は女を殺しはしない。俺は卑劣で、低俗な男だ。俺にはそれだけの度胸はない。だが、戦争がたぶん女を殺すだろう。その戦争の冷酷な手を女の頭上へ向けるためのちょっとした手掛りだけをつかめばいいのだ。俺は知らない。多分、何かある瞬間が、それを自然に解決しているにすぎないだろう。そして伊沢は空襲をきわめて冷静に待ち構えていた。

★

それは四月十五日であった。

その二日前、十三日に、東京では二度目の夜間大空襲があり、池袋だの巣鴨だの山手方面に被害があったが、たまたまその罹災証明が手にはいったので、伊沢は埼玉へ買出しにでかけ、いくらかの米をリュックに背負って帰って来た。彼が家へ着くと同時に警戒警報が鳴りだした。

次の東京の空襲がこの街のあたりだろうということは焼け残りの地域を考えれば誰にも想像のつくことで、早ければ明日、遅くとも一ケ月とはかからないこの街の運命の日が近づいている。早ければ明日と考えたのは、これまでの空襲の速度、編隊夜間爆撃の準備期間の間隔が早くて明日ぐらいであったからで、この日がその日になろうとは伊沢は予想していなかった。それ故買出しにも出掛けたので、買出しと云っても目的は他にもあり、この農家は伊沢の学生時代に縁故のあった家であり、彼は二つのトランクとリュックにつめた物品を預けることがむしろ主要な目的であった。

伊沢は疲れきっていた。旅装は防空服装でもあったから、リュックを枕にそのまま部屋のまんなかにひっくりかえって、彼は実際この差しせまった時間にうとうととねむってしまった。ふと目がさめると諸方のラジオはがんがんがなりたてており、編隊の先頭はもう伊豆南端にせまり、伊豆南端を通過した。同時に空襲警報がなりだした。愈々《いよいよ》この街の最後の日だ、伊沢は直覚した。白痴を押入の中に入れ、伊沢はタオルをぶらさげ歯ブラシをくわえて井戸端へでかけたが、伊沢はその数日前にライオン煉歯磨《ねりはみがき》を手に入れ長い間忘れていた煉歯磨の口中にしみわたる爽快さをなつかしんでいたので、運命の日を直覚するとどういうわけだか歯をみがき顔を洗う気になったが、第一にその煉歯磨が当然あるべき場所からほんのちょっと動いていただけで長い時間（それは実に長い時間に思われた）見当らず、ようやくそれを見附けると今度は石鹸（この石鹸も芳香のある昔の化粧石鹸）がこれもちょっと場所が動いていただけで長い時間見当らず、ああ俺は慌てているな、落着け、落着け、頭を戸棚にぶつけたり机につまずいたり、そのために彼は暫時の間一切の動きと思念を中絶させて精神統一をはかろうとするが、身体自体が本能的に慌てだして滑り動いて行くのである。ようやく石鹸を見つけだして井戸端へ出ると仕立屋夫婦が畑の隅の防空壕へ荷物を投げこんでおり、家鴨によく似た屋根裏の娘が荷物をブラさげてうろうろしていた。伊沢はともかく煉歯磨と石鹸を断念せずに突きとめた執拗さを祝福し、果してこの夜の運命はどうなるのだろうと思った。まだ顔をふき終らぬうちに高射砲がなりはじめ、頭をあげると、もう頭上に十何本の照空燈が入りみだれて真上をさして騒いでおり、光芒《こうぼう》のまんなかに米機がぽっかり浮いている。つづいて一機、また一機、ふと目を下方へおろしたら、もう駅前の方角が火の海になっていた。

愈々来た。事態がハッキリすると伊沢はようやく落着いた。防空頭巾をかぶり、蒲団をかぶって軒先に立ち二十四機まで伊沢は数えた。ポッカリ光芒のまんなかに浮いて、みんな頭上を通過している。

高射砲の音だけが気が違ったように鳴りつづけ、爆撃の音は一向に起らない。二十五機を数える時から例のガラガラとガードの上を貨物列車が駆け去る時のような焼夷弾の落下音が鳴り始めたが、伊沢の頭上を通り越して、後方の工場地帯へ集中されているらしい。軒先からは見えないので豚小屋の前まで行って後を見ると、工場地帯は火の海で、呆れたことには今迄頭上を通過していた飛行機と正反対の方向からも次々と米機が来て後方一帯に爆撃を加えているのだ。するともうラジオはとまり、空一面は赤々と厚い煙の幕にかくれて、米機の姿も照空燈の光芒も全く視界から失われてしまった。北方の一角を残して四周は火の海となり、その火の海が次第に近づいていた。

仕立屋夫婦は用心深い人達で、常から防空壕を荷物用に造ってあり目張りの泥も用意しておき、万事手順通りに防空壕に荷物をつめこみ目張りをぬり、その又上へ畑の土もかけ終っていた。この火じゃとても駄目ですね。仕立屋は昔の火消しの装束で腕組みをして火の手を眺めていた。消せったって、これじゃ無理だ。あたしゃもう逃げますよ。煙にまかれて死んでみても始まらねえや、仕立屋はリヤカーに一山の荷物をつみこんでおり、先生、いっしょに引上げましょう。伊沢はそのとき、騒々しいほど複雑な恐怖感に襲われた。彼の身体は仕立屋と一緒に滑りかけているのであったが、身体の動きをふりきるような一つの心の抵抗で滑りを止めると、心の中の一角から張りさけるような悲鳴の声が同時に起ったような気がした。この一瞬の遅延の為に焼けて死ぬ、彼は殆ど恐怖のために放心したが、再びともかく自然によろめきだすような身体の滑りをこらえていた。

「僕はね、ともかく、もうちょっと、残りますよ。僕はね、仕事があるのだ。僕はね、ともかく芸人だから、命のとことんの所で自分の姿を見凝《みつ》め得るような機会には、そのとことんの所で最後の取引をしてみることを要求されているのだ。僕は逃げたいが、逃げられないのだ。この機会を逃がすわけに行かないのだ。もうあなた方は逃げて下さい。早く、早く、一瞬間が全てを手遅れにしてしまう」

早く、早く。一瞬間が全てを手遅れに。全てとは、それは伊沢自身の命のことだ。早く早く、それは仕立屋をせきたてる声ではなくて、彼自身が一瞬も早く逃げたい為の声だった。彼がこの場所を逃げだすためには、あたりの人々がみんな立去った後でなければならないのだ。さもなければ、白痴の姿を見られてしまう。

じゃ先生、お大事に。リヤカーをひっぱりだすと仕立屋も慌てていた。リヤカーは路地の角々にぶつかりながら立去った。それがこの路地の住人達の最後に逃げ去る姿であった。岩を洗う怒濤の無限の音のような、屋根を打つ高射砲の無数の破片の無限の落下の音のような、休止と高低の何もないザアザアという無気味な音が無限に連続しているのだが、それが府道を流れている避難民達の一かたまりの跫音なのだ。高射砲の音などはもう間が抜けて、跫音の流れの中に奇妙な命がこもっていた。高低と休止のない奇怪な音の無限の流れを世の何人が跫音と判断し得よう。天地はただ無数の音響でいっぱいだった。米機の爆音、高射砲、落下音、爆発の音響、跫音、屋根を打つ弾片、けれども伊沢の身辺の何十米かの周囲だけは赤い天地のまんなかでともかく小さな闇をつくり、全然ひっそりしているのだった。変てこな静寂の厚みと、気の違いそうな孤独の厚みがとっぷり四周をつつんでいる。もう三十秒、もう十秒だけ待とう。なぜ、そして誰が命令しているのだか、どうしてそれに従わねばならないのだか、伊沢は気違いになりそうだった。突然、もだえ、泣き喚いて盲目的に走りだしそうだった。

そのとき鼓膜の中を掻き廻すような落下音が頭の真上へ落ちてきた。夢中に伏せると、頭上で音響は突然消え失せ、嘘のような静寂が再び四周に戻っている。やれやれ、脅かしやがる。伊沢はゆっくり起き上って、胸や膝の土を払った。顔をあげると、気違いの家が火を吹いている。何だい、とうとう落ちたのか、彼は奇妙に落着いていた。気がつくと、その左右の家も、すぐ目の前のアパートも火をふきだしているのだ。伊沢は家の中へとびこんだ。押入の戸をはねとばして（実際それは外れて飛んでバタバタと倒れた）白痴の女を抱くように蒲団をかぶって走りでた。それから一分間ぐらいのことが全然夢中で分らなかった。路地の出口に近づいたとき、又、音響が頭上めがけて落ちてきた。伏せから起上ると、路地の出口の煙草屋も火を吹き、向いの家では仏壇の中から火が吹きだしているのが見えた。路地をでて振りかえると、仕立屋も火を吹きはじめ、どうやら伊沢の小屋も燃えはじめているようだった。

四周は全くの火の海で府道の上には避難民の姿もすくなく、火の粉がとびかい舞い狂っているばかり、もう駄目だと伊沢は思った。十字路へくると、ここから大変な混雑で、あらゆる人々がただ一方をめざしている。その方向がいちばん火の手が遠いのだ。そこはもう道ではなくて、人間と荷物の悲鳴の重りあった流れにすぎず、押しあいへしあい突き進み踏み越え押し流され、落下音が頭上にせまると、流れは一時に地上に伏して不思議にぴったり止まってしまい、何人かの男だけが流れの上を踏みつけて駆け去るのだが、流れの大半の人々は荷物と子供と女と老人の連れがあり、呼びかわし立ち止り戻り突き当りはねとばされ、そして火の手はすぐ道の左右にせまっていた。小さな十字路へきた。流れの全部がここでも一方をめざしているのは矢張りそっちが火の手が最も遠いからだが、その方向には空地も畑もないことを伊沢は知っており、次の米機の焼夷弾が行く手をふさぐとこの道には死の運命があるのみだった。一方の道は既に両側の家々が燃え狂っているのだが、そこを越すと小川が流れ、小川の流れを数町上ると麦畑へでられることを伊沢は知っていた。その道を駆けぬけて行く一人の影すらもないのだから、伊沢の決意も鈍ったが、ふと見ると百五十米ぐらい先の方で猛火に水をかけているたった一人の男の姿が見えるのであった。猛火に水をかけるといっても決して勇しい姿ではなく、ただバケツをぶらさげているだけで、たまに水をかけてみたり、ぼんやり立ったり歩いてみたり変に痴鈍な動きで、その男の心理の解釈に苦しむような間の抜けた姿なのだった。ともかく一人の人間が焼け死にもせず立っていられるのだからと、伊沢は思った。俺の運をためすのだ。運。まさに、もう残されたのは、一つの運、それを選ぶ決断があるだけだった。十字路に溝があった。伊沢は溝に蒲団をひたした。

伊沢は女と肩を組み、蒲団をかぶり、群集の流れに訣別した。猛火の舞い狂う道に向って一足歩きかけると、女は本能的に立ち止り群集の流れる方へひき戻されるようにフラフラとよろめいて行く。「馬鹿!」女の手を力一杯握ってひっぱり、道の上へよろめいて出る女の肩をだきすくめて、「そっちへ行けば死ぬだけなのだ」女の身体を自分の胸にだきしめて、ささやいた。

「死ぬ時は、こうして、二人一緒だよ。怖れるな。そして、俺から離れるな。火も爆弾も忘れて、おい俺達二人の一生の道はな、いつもこの道なのだよ。この道をただまっすぐ見つめて、俺の肩にすがりついてくるがいい。分ったね」女はごくんと頷いた。

その頷きは稚拙であったが、伊沢は感動のために狂いそうになるのであった。ああ、長い長い幾たびかの恐怖の時間、夜昼の爆撃の下に於て、女が表した始めての意志であり、ただ一度の答えであった。そのいじらしさに伊沢は逆上しそうであった。今こそ人間を抱きしめており、その抱きしめている人間に、無限の誇りをもつのであった。二人は猛火をくぐって走った。熱風のかたまりの下をぬけでると、道の両側はまだ燃えている火の海だったが、すでに棟は焼け落ちたあとで火勢は衰え熱気は少くなっていた。そこにも溝があふれていた。女の足から肩の上まで水を浴せ、もう一度蒲団を水に浸してかぶり直した。道の上に焼けた荷物や蒲団が飛び散り、人間が二人死んでいた。四十ぐらいの女と男のようだった。

二人は再び肩を組み、火の海を走った。二人はようやく小川のふちへでた。ところが此処は小川の両側の工場が猛火を吹きあげて燃え狂っており、進むことも退くことも立止ることも出来なくなったが、ふと見ると小川に梯子がかけられているので、蒲団をかぶせて女を下し、伊沢は一気に飛び降りた。訣別した人間達が三々五々川の中を歩いている。女は時々自発的に身体を水に浸している。犬ですらそうせざるを得ぬ状況だったが、一人の新たな可愛い女が生れでた新鮮さに伊沢は目をみひらいて水を浴びる女の姿態をむさぼり見た。小川は炎の下を出外れて暗闇の下を流れはじめた。空一面の火の色で真の暗闇は有り得なかったが、再び生きて見ることを得た暗闇に、伊沢はむしろ得体の知れない大きな疲れと、涯《はて》しれぬ虚無とのためにただ放心がひろがる様を見るのみだった。その底に小さな安堵があるのだが、それは変にケチくさい、馬鹿げたものに思われた。何もかも馬鹿馬鹿しくなっていた。川をあがると、麦畑があった。麦畑は三方丘にかこまれて、三町四方ぐらいの広さがあり、そのまんなかを国道が丘を切りひらいて通っている。丘の上の住宅は燃えており、麦畑のふちの銭湯と工場と寺院と何かが燃えており、その各々の火の色が白、赤、橙、青、濃淡とりどりみんな違っているのである。にわかに風が吹きだしてごうごうと空気が鳴り、霧のようなこまかい水滴が一面にふりかかってきた。

群集は尚蜿蜒《えんえん》と国道を流れていた。麦畑に休んでいるのは数百人で、蜿蜒たる国道の群集にくらべれば物の数ではないのであった。麦畑のつづきに雑木林の丘があった。その丘の林の中には殆ど人がいなかった。二人は木立の下へ蒲団をしいてねころんだ。丘の下の畑のふちに一軒の農家が燃えており、水をかけている数人の人の姿が見える。その裏手に井戸があって一人の男がポンプをガチャガチャやり水を飲んでいるのである。それを目がけて畑の四方から忽ち二十人ぐらいの老幼男女が駆け集ってきた。彼等はポンプをガチャガチャやり、代る代る水を飲んでいるのである。それから燃え落ちようとする家の火に手をかざして、ぐるりと並んで煖《だん》をとり、崩れ落ちる火のかたまりに飛びのいたり、煙に顔をそむけたり、話をしたりしている。誰も消火に手伝う者はいなかった。

ねむくなったと女が言い、私疲れたのとか、足が痛いのとか、目も痛いのとかの呟きのうち三つに一つぐらいは私ねむりたいの、と言った。ねむるがいいさ、と伊沢は女を蒲団にくるんでやり、煙草に火をつけた。何本目かの煙草を吸っているうちに、遠く彼方に解除の警報がなり、数人の巡査が麦畑の中を歩いて解除を知らせていた。彼等の声は一様につぶれ、人間の声のようではなかった。蒲田署管内の者は矢口国民学校が焼け残ったから集れ、とふれている。人々が畑の畝から起き上り、国道へ下りた。国道は再び人の波だった。然し、伊沢は動かなかった。彼の前にも巡査がきた。

「その人は何かね。怪我をしたのかね」

「いいえ、疲れて、ねているのです」

「矢口国民学校を知っているかね」

「ええ、一休みして、あとから行きます」

「勇気をだしたまえ。これしきのことに」

巡査の声はもう続かなかった。巡査の姿は消え去り、雑木林の中にはとうとう二人の人間だけが残された。二人の人間だけが――けれども女は矢張りただ一つの肉塊にすぎないではないか。女はぐっすりねむっていた。凡ての人々が今焼跡の煙の中を歩いている。全ての人々が家を失い、そして皆な歩いている。眠りのことを考えてすらいないであろう。今眠ることができるのは、死んだ人間とこの女だけだ。死んだ人間は再び目覚めることがないが、この女はやがて目覚め、そして目覚めることによって眠りこけた肉塊に何物を附け加えることも有り得ないのだ。女は微かであるが今まで聞き覚えのない鼾声《いびき》をたてていた。それは豚の鳴声に似ていた。まったくこの女自体が豚そのものだと伊沢は思った。そして彼は子供の頃の小さな記憶の断片をふと思いだしていた。一人の餓鬼大将の命令で十何人かの子供たちが仔豚を追いまわしていた。追いつめて、餓鬼大将はジャックナイフでいくらかの豚の尻肉を切りとった。豚は痛そうな顔もせず、特別の鳴声もたてなかった。尻の肉を切りとられたことも知らないように、ただ逃げまわっているだけだった。伊沢は米軍が上陸して重砲弾が八方に唸りコンクリートのビルが吹きとび、頭上に米機が急降下して機銃掃射を加える下で、土煙りと崩れたビルと穴の間を転げまわって逃げ歩いている自分と女のことを考えていた。崩れたコンクリートの蔭で、女が一人の男に押えつけられ、男は女をねじ倒して、肉体の行為に耽りながら、男は女の尻の肉をむしりとって食べている。女の尻の肉はだんだん少くなるが、女は肉慾のことを考えているだけだった。

明方に近づくと冷えはじめて、伊沢は冬の外套もきていたし厚いジャケツもきているのだが、寒気が堪えがたかった。下の麦畑のふちの諸方には尚燃えつづけている一面の火の原があった。そこまで行って煖をとりたいと思ったが、女が目を覚すと困るので、伊沢は身動きができなかった。女の目を覚すのがなぜか堪えられぬ思いがしていた。

女の眠りこけているうちに女を置いて立去りたいとも思ったが、それすらも面倒くさくなっていた。人が物を捨てるには、たとえば紙屑を捨てるにも、捨てるだけの張合いと潔癖ぐらいはあるだろう。この女を捨てる張合いも潔癖も失われているだけだ。微塵《みじん》の愛情もなかったし、未練もなかったが、捨てるだけの張合いもなかった。生きるための、明日の希望がないからだった。明日の日に、たとえば女の姿を捨ててみても、どこかの場所に何か希望があるのだろうか。何をたよりに生きるのだろう。どこに住む家があるのだか、眠る穴ぼこがあるのだか、それすらも分りはしなかった。米軍が上陸し、天地にあらゆる破壊が起り、その戦争の破壊の巨大な愛情が、すべてを裁いてくれるだろう。考えることもなくなっていた。

夜が白んできたら、女を起して焼跡の方には見向きもせず、ともかくねぐらを探して、なるべく遠い停車場をめざして歩きだすことにしようと伊沢は考えていた。電車や汽車は動くだろうか。停車場の周囲の枕木の垣根にもたれて休んでいるとき、今朝は果して空が晴れて、俺と俺の隣に並んだ豚の背中に太陽の光がそそぐだろうかと伊沢は考えていた。

あまり今朝が寒すぎるからであった。

（『新潮』一九四六年六月号）

日本文化私観

一　「日本的」ということ

僕は日本の古代文化に就《つい》て殆んど知識を持っていない。ブルーノ・タウト*が絶讃する桂離宮も見たことがなく、玉泉**も大雅堂***も竹田《ちくでん》****も鉄斎*****も知らないのである。況《いわ》んや、秦蔵《はたぞう》六《ろく》******だの竹源斎師*******など名前すら聞いたことがなく、第一、めったに旅行することがないので、祖国のあの町この村も、風俗も、山河も知らないのだ。タウトによれば日本に於ける最も俗悪な都市だという新潟市に僕は生れ、彼の蔑み嫌うところの上野から銀座への街、ネオ

*ブルーノ・タウト＝ドイツの建築家。ナチスの迫害を逃れて一九三三年から約三年日本滞在（一八八〇―一九三八）。**玉泉＝望月玉泉（一八三四―一九一三）、日本画家。***大雅＝池大雅（一七二三―七六）江戸中期の南画家。****竹田＝田能村竹田（一七七七―一八三五）江戸後期の南画家。*****鉄斎＝富岡鉄斎（一八三六―一九二四）、明治・大正期の文人画家、儒学者。******秦蔵六＝（一八二三―一八九〇）幕末―明治時代の鋳金家。*******竹源斎師＝二階堂竺源、等持院の住職。一九三三年七五歳で没。

ン・サインを僕は愛す。茶の湯の方式など全然知らない代りには、猥《みだ》りに酔い痴れることをのみ知り、孤独の家居にいて、床の間などというものに一顧を与えたこともない。

けれども、そのような僕の生活が、祖国の光輝ある古代文化の伝統を見失ったという理由で、貧困なものだとは考えていない（然し、ほかの理由で、貧困だという内省には悩まされているのだが——）。

タウトはある日、竹田の愛好家というさる日本の富豪の招待を受けた。客は十名余りであった。主人は女中の手をかりず、自分で倉庫と座敷の間を往復し、一幅ずつの掛物を持参して床の間へ吊し一同に披露して、又、別の掛物をとりに行く、名画が一同を楽しませることを自分の喜びとしているのである。終って、座を変え、茶の湯と、礼儀正しい食膳を供したという。こういう生活が「古代文化の伝統を見失わない」ために、内面的に豊富な生活だと言うに至っては内面なるものの目安が余り安直で滅茶苦茶な話だけれども、然し、無論、文化の伝統を見失った僕の方が（そのために）豊富である筈もない。

いつかコクトオ*が、日本へ来たとき、日本人がどうして和服を着ないのだろうと言って、日本が母国の伝統を忘れ、欧米化に汲々たる有様を嘆いたのであった。成程、フランスという国は不思議な国である。戦争が始ると、先ずまっさきに避難したのはルーヴル博物館の陳列品と金塊で、巴里《パリ》の保存のために祖国の運命を換えてしまった。彼等は伝統の遺産を受継いできたが、祖国の伝統を生むべきものが、又、彼等自身に外ならぬことを全然知らないようである。

伝統とは何か？　国民性——何か？　日本人には必然の性格があって、どうしても和服を発明し、それを着なければならないような決定的な素因があるのだろうか。

講談を読むと、我々の祖先は甚だ復讐心が強く、乞食となり、草の根を分けて仇を探し廻っている。そのサムライが終ってからまだ七八十年しか経たないのに、これはもう、我々にとっては夢の中の物語である。今日の日本人は、凡《およ》そ、あらゆる国民の中で、恐らく最も憎悪心の尠《すくな》い国民の中の一つである。僕がまだ学生時代の話であるが、アテネ・フランセでロベール先生の歓迎会があり、テーブルには名札が置かれ席が定まっていて、どういうわけだか僕だけ外国人の間にはさまれ、真正面はコット先生であった。コット先生は菜食主義者だから、たった一人献立が別で、オートミルのようなものばかり食っている。僕は相手がなくて退屈だから、先生の食欲ばかり専《もっぱ》ら観察していたが、猛烈な速力で、一度匙《さじ》をとりあげると口と皿の間を快速力で往復させ食べ終るまで下へ置かず、僕が肉を一きれ食ううちに、オートミルを一皿すすり込んでしまう。先生が胃弱になるのは尤《もっと》もだと思った。テーブルスピーチが始った。コット先生が立上った。と、先生の声は沈痛なもの

＊コクトオ＝ジャン・コクトー（一八八九—一九六三）、フランスの芸術家。詩人、小説家。

で、突然、クレマンソーの追悼演説を始めたのである。クレマンソーは前大戦のフランスの首相、虎とよばれた決闘好きの政治家だが、丁度その日の新聞に彼の死去が報ぜられたのであった。コット先生はボルテール流のニヒリストで、無神論者であった。エレジヤ*の詩を最も愛し、好んでボルテールのエピグラムを学生に教え、又、自ら好んで誦《よ》む。だから先生が人の死に就て思想を通したものでない直接の感傷で語ろうなどとは、僕は夢にも思わなかった。僕は先生の演説が冗談だと思った。今に一度にひっくり返すユーモアが用意されているのだろうと考えたのだ。けれども先生の演説は、沈痛から悲痛になり、もはや冗談ではないことがハッキリ分ったのである。あんまり思いもよらないことだったので、僕は呆気にとられ、思わず、笑いだしてしまった。——その時の先生の眼を僕は生涯忘れることができない。先生は、殺しても尚あきたりぬ血に飢えた憎悪を凝らして、僕を睨んだのだ。

このような眼は日本人には無いのである。僕は一度もこのような眼を日本人に見たことはなかった。その後も特に意識して注意したが、一度も出会ったことがない。つまり、このような憎悪が、日本人には無いのである。『三国志』に於ける憎悪、『チャタレイ夫人の恋人』に於ける憎悪、血に飢え、八ツ裂にしても尚あき足りぬという憎しみは日本人には殆んどない。昨日の敵は今日の友という甘さが、むしろ日本人に共有の感情だ。凡そ仇討にふさわしくない自分達であることを、恐らく多くの日本人が痛感しているに相違ない。長年月にわたって徹底的に憎み通すことすら不可能にちかく、せいぜい「食いつきそうな」眼付ぐらいが限界なのである。

伝統とか、国民性とよばれるものにも、時として、このような欺瞞が隠されている。凡そ自分の性情にうらはらな習慣や伝統を、恰《あたか》も生来の希願のように背負わなければならないのである。だから、昔日本に行われていたことが、昔行われていたために、日本本来のものだということは成立たない。外国に於て行われ、日本には行われていなかった習慣が、実は日本人に最もふさわしいことも有り得るし、日本に於て行われて、外国には行われなかった習慣が、実は外国人にふさわしいことも有り得るのだ。模倣ではなく、発見だ。ゲーテがシェクスピアの作品に暗示を受けて自分の傑作を書きあげたように、個性を尊重する芸術に於てすら、模倣から発見への過程は最も屢々《しばしば》行われる。インスピレーションは、多く模倣の精神から出発して、発見によって結実する。

キモノとは何ぞや？　洋服との交流が千年ばかり遅かっただけだ。そうして、限られた手法以外に、新らたな発明を暗示する別の手法が与えられなかっただけである。日本人の貧弱な体軀が特にキモノを生みだしたのではない。日本人にはキモノのみが美しいわけで

＊エレジヤ＝ジョゼ・マリア・ド・エレディア（一八四二―一九〇五）、フランスの高踏派詩人。

もない。外国の恰幅のよい男達の和服姿が、我々よりも立派に見えるに極っている。

小学生の頃、万代橋《ばんだいばし》という信濃川の河口にかかっている木橋がとりこわされて、川幅を半分に埋めたて鉄橋にするというので、長い期間、悲しい思いをしたことがあった。日本一の木橋がなくなり、川幅が狭くなって、自分の誇りがなくなることが、身を切られる切なさであったのだ。その不思議な悲しみ方が今では夢のような思い出だ。このような悲しみ方は、成人するにつれ、又、その物との交渉が成人につれて深まりながら、却《かえ》って薄れる一方であった。そうして、今では、木橋が鉄橋に代り、川幅の狭められたことが、悲しくないばかりか、極めて当然だと考える。然し、このような変化は、僕のみではないだろう。多くの日本人は、故郷の古い姿が破壊されて、欧米風な建物が出現するたびに、悲しみよりも、むしろ喜びを感じる。新らしい交通機関も必要だし、エレベーターも必要だ。伝統の美だの日本本来の姿などというものよりも、より便利な生活が必要なのである。京都の寺や奈良の仏像が全滅しても困らないが、電車が動かなくては困るのだ。我々に大切なのは「生活の必要」だけで、古代文化が全滅しても、生活は亡びず、生活自体が亡びない限り、我々の独自性は健康なのである。なぜなら、我々自体の必要と、必要に応じた欲求を失わないからである。

タウトが東京で講演の時、聴衆の八九割は学生で、あとの一二割が建築家であったそうだ。東京のあらゆる建築専門家に案内状を発送して、尚そのような結果であった。ヨーロッパでは決してこのようなことは有り得ないそうだ。常に八九割が建築家で、一二割が都市の文化に関心を持つ市長とか町長という名誉職の人々であり、学生などの割りこむ余地はない筈だ、と言うのである。

僕は建築界のことに就ては不案内だが、例を文学にとって考えても、たとえばアンドレ・ジッドの講演が東京で行われたにしても、小説家の九割ぐらいは聴きに行きはしないだろう。そうして、矢張り、聴衆の八九割は学生で、おまけに、学生の三割ぐらいは、女学生かも知れないのだ。僕が仏教科の生徒の頃、フランスだのイギリスの仏教学者の講演会に行ってみると、坊主だらけの日本のくせに、聴衆の全部が学生だった。尤も坊主の卵なのだろう。

日本の文化人が怠慢なのかも知れないが、西洋の文化人が「社交的に」勤勉なせいでもあるのだろう。社交的に勤勉なのは必ずしも勤勉ではなく、社交的に怠慢なのは必ずしも怠慢ではない。勤勉、怠慢はとにかくとして、日本の文化人はまったく困った代物だ。桂離宮も見たことがなく、竹田も玉泉も鉄斎も知らず、茶の湯も知らない。小堀遠州などと言えば、建築家だか、造庭家だか、大名だか、茶人だか、もしかすると忍術使いの家元じゃなかったかね、などと言う奴がある。故郷の古い建築を叩き毀して、出来損いの洋式バラックをたてて、得々としている。そのくせ、タウトの講演も、アンドレ・ジッドの講演も聴きに行きはしないのである。そうして、ネオン・サインの陰を酔っ払ってよろめきまわり、電髪嬢を肴《さかな》にしてインチキ・ウイスキーを呷っている。呆れ果てた奴等である。

日本本来の伝統に認識も持たないばかりか、その欧米の猿真似に至っては体《たい》をなさず、美の片鱗をとどめず、全然インチキそのものである。ゲーリー・クーパーは満員客止めの盛況だが、梅若万三郎《うめわかまんざぶろう》は数える程しか客が来ない。かかる文化人というものは、貧困そのものではないか。

然しながら、タウトが日本を発見し、その伝統の美を発見したことと、我々が日本の伝統を見失いながら、しかも現に日本人であることとの間には、タウトが全然思いもよらぬ距《へだた》りがあった。即ち、タウトは日本を発見しなければならなかったが、我々は日本を発見するまでもなく、現に日本人なのだ。我々は古代文化を見失っているかも知れぬが、日本を見失う筈はない。日本精神とは何ぞや、そういうことを我々自身が論じる必要はないのである。説明づけられた精神から日本が生れる筈もなく、又、日本精神というものが説明づけられる筈もない。日本人の生活が健康でありさえすれば、日本そのものが健康だ。彎曲した短い足にズボンをはき、洋服をきて、チョコチョコ歩き、ダンスを踊り、畳をすてて、安物の椅子テーブルにふんぞり返って気取っている。それが欧米人の眼から見て滑稽千万であることと、我々白身がその便利に満足していることの間には、全然つながりが無いのである。彼等が我々を憐れみ笑う立場と、我々が生活しつつある立場には、根柢的に相違がある。我々の生活が正当な要求にもとづく限りは、彼等の憫笑が甚だ浅薄でしかないのである。彎曲した短い足にズボンをはいてチョコチョコ歩くのが滑稽だから笑うというのは無理がないが、我々がそういう所にこだわりを持たず、もう少し高い所に目的を置いていたとしたら、笑う方が必ずしも利巧の筈はないではないか。

僕は先刻白状に及んだ通り、桂離宮も見たことがなく、雪舟**も雪村***も竹田も大雅堂も玉泉も鉄斎も知らず、狩野派****も運慶*****も知らない。けれども、僕自身の「日本文化私観」を語ってみようと思うのだ。祖国の伝統を全然知らず、ネオン・サインとジャズぐらいしか知らない奴が、日本文化を語るとは不思議なことかも知れないが、すくなくとも、僕は日本を「発見」する必要だけはなかったのだ。

*電髪嬢＝パーマネントをかけた女性。**雪舟＝一四二〇―一五〇六?）、室町時代の水墨画家・禅僧。***雪村＝（一四九二?―一五八九）、室町後期から戦国時代の画僧。****狩野派＝室町時代後期の狩野正信を祖とする日本画の一派。*****運慶＝（生年不詳―一二二四）、平安末期から鎌倉にかけての彫刻家。

二　俗悪に就て（人間は人間を）

昭和十二年の初冬から翌年の初夏まで、僕は京都に住んでいた。京都へ行ってどうしようという目当もなく、書きかけの長篇小説と千枚の原稿用紙の外にはタオルや歯ブラシすら持たないといういでたちで、とにかく隠岐《おき》和一を訪ね、部屋でも探してもらって、孤独の中で小説を書きあげるつもりであった。まったく、思いだしてみると、孤独ということがただ一筋に、なつかしかったようである。

隠岐は僕に京都で何が見たいかということと、食物では何が好きかということを、最もさりげない世間話の中へ織込んで尋ねた。僕は東京でザックバランにつきあっていた友情だけしか期待していなかったのに、京都の隠岐は東京の隠岐ではなく、客人をもてなすために最も細心な注意を払う古都のぼんぼんに変っていた。僕は祇園の舞妓と猪だとウッカリ答えてしまったのだが――まったくウッカリ答えたのである。なぜなら、出発の晩、京都行きの送別の意味で尾崎士郎に案内され始めて猪を食ったばかりで、もののハズミでウッカリ言ってしまったけれども、第一、猪の肉というものが手軽に入手出来ようなどとは考えていないせいでもあった。ところが、その翌日から毎晩毎晩猪に攻められ、おまけに、猪の味覚が全然僕の嗜好に当てはまるものではないことが、三日目ぐらいに決定的に分ったのである。けれども、我慢して食べなければならなかった。そうして、一方、舞妓の方は、京都へ着いたその当夜、さっそく花見小路のお茶屋に案内されて行ったのだが、そのころ、祇園に三十六人だか七人だかの舞妓がいるということだったが、酔眼朦朧たる眼前へ二十人ぐらいの舞妓達が次から次へと現れた時には、いささか天命と諦めて観念の眼を閉じる気持になった程である。

僕は舞妓の半分以上を見たわけだったが、これぐらい馬鹿らしい存在はめったにない。特別の教養を仕込まれているのかと思っていたら、そんなものは微塵もなく、踊りも中途半端だし、ターキーとオリエ*の話ぐらいしか知らないのだ。それなら、愛玩用の無邪気な色気があるのかというとコマッチャクレているばかりで、清潔な色気などは全くなかった。元々、愛玩用につくりあげられた存在に極っているが、子供を条件にして子供の美徳がないのである。羞恥がなければ、子供はゼロだ。子供にして子供にあらざる以上、大小を兼ねた中間的な色っぽさが有るかというと、それもない。広東《カントン》に盲妹《もうまい》という芸者があるということだが、盲妹というのは、顔立の綺麗な女子を小さいうちに盲にして特別の教養、踊りや音楽などを仕込むのだそうである。支那人のやることは、あくどいが、徹底している。どうせ愛玩用として人工的につくりあげるつもりなら、これもよかろう。盲にするとは凝

＊ターキーとオリエ＝水の江瀧子とオリエ津阪。ともに当時の松竹少女歌劇のスター。

った話だ。ちと、あくどいが、不思議な色気が、考えてみても、感じられる。舞妓は甚だ人工的な加工品に見えながら、人工の妙味がないのである。娘にして娘の羞恥がない以上、自然の妙味もないのである。

僕達は五六名の舞妓を伴って東山ダンスホールへ行った。深夜の十二時に近い時刻であった。舞妓の一人が、そこのダンサーに好きなのがいるのだそうで、その人と踊りたいと言いだしたからだ。ダンスホールは東山の中腹にあって、人里を離れ、東京の踊り場よりは遥《はるか》に綺麗だ。満員の盛況だったが、このとき僕が驚いたのは、座敷でベチャクチャ喋《しゃべ》っていたり踊っていたりしたのでは一向に見栄えのしなかった舞妓達が、ダンスホールの群集にまじると、群を圧し、堂々と光彩を放って目立つのである。つまり、舞妓の独特のキモノ、だらりの帯が、洋服の男を圧し、夜会服の踊り子を圧し、西洋人もてんで見栄えがしなくなる。成程、伝統あるものには独自の威力があるものだ、と、いささか感服したのであった。

同じことは、相撲を見るたびに、いつも感じた。呼出につづいて行司の名乗り、それから力士が一礼しあって、四股をふみ、水をつけ、塩を悠々とまきちらして、仕切りにかかる。仕切り直して、やや暫く睨み合い、悠々と塩をつかんでくるのである。土俵の上の力士達は国技館を圧倒している。数万の見物人も、国技館の大建築も、土俵の上の力士達に比べれば、余りに小さく貧弱である。

これを野球に比べてみると、二つの相違がハッキリする。なんというグランドの広さであろうか。九人の選手がグランドの広さに圧倒され、追いまくられ、数万の観衆に比べて気の毒なほど無力に見える。グランドの広さに比べると、選手を草苅人夫に見立ててもいいぐらい貧弱に見え、プレーをしているのではなく、息せききって追いまくられた感じである。いつかベーブ・ルースの一行を見た時には、流石《さすが》に違った感じであった。板についたスタンド・プレーは場を圧し、グランドの広さが目立たないのである。グランドを圧倒しきれなくとも、グランドと対等ではあった。

別に身体のせいではない。力士といえども大男ばかりではないのだ。又、必ずしも、技術のせいでもないだろう。いわば、伝統の貫禄だ。それあるがために、土俵を圧し、国技館の大建築を圧し、数万の観衆を圧している。然しながら、伝統の貫禄だけでは、永遠の生命を維持することはできないのだ。舞妓のキモノがダンスホールを圧倒し、力士の儀礼が国技館を圧倒しても、伝統の貫禄だけで、舞妓や力士が永遠の生命を維持するわけにはゆかない。貫禄を維持するだけの実質がなければ、やがては亡びる外に仕方がない。問題は、伝統や貫禄ではなく、実質だ。

伏見に部屋を見つけるまで、隠岐の別宅に三週間ぐらい泊っていたが、隠岐の別宅は嵯峨にあって、京都の空は晴れていても、愛宕山《あたごやま》が雪をよび、このあたりでは毎日雪がちらつくのだった。隠岐の別宅から三十間ぐらいの所に、不思議な神社があった。車折《クルマザキ》神社というのだが、清原のなにがし*という多分学者らしい人を祀っているくせに、非常に露骨な金儲けの神様なのである。社殿の前に柵をめぐらした場所があって、この中に円みを帯びた数万の小石が山を成している。自分の欲しい金額と姓名生年月日などを小石に書いて、ここへ納め、願をかけるのだそうである。五万円というものもあるし、三十円ぐらいの悲しいような石もあって、稀には、月給がいくらボーナスがいくら昇給するようにと詳細に数字を書いた石もあった。節分の夜、燃え残った神火《トンド》の明りで、この石を手に執りあげて一つ一つ読んでいたが、旅先の、それも天下に定まる家もなく、一管のペンに一生を托してともすれば崩れがちな自信と戦っている身には、気持のいい石ではなかった。牧野信一**は奇妙な人で、神社仏閣の前を素通りすることの出来ない人であった。必ず恭々《うやうや》しく拝礼し、ジャランジャランと大きな鈴をならす綱がぶらさがっていれば、それを鳴らし、お賽銭をあげて、暫く瞑目最敬礼する。お寺が何宗であろうと変りはない。非常なはにかみ屋で、人前で目立つような些少の行為も最もやりたがらぬ人だったのに、これだけは例外で、どうにも、やむを得ないという風だった。いつか息子の英雄君をつれて散歩のついで僕の所へ立寄って三人で池上本門寺《いけがみほんもんじ》へ行くと、英雄君をうながして本堂の前へすすみ、お賽銭をあげさせて親子二人恭々しく拝礼していたが、得体の知れぬ悲願を血につなごうとしているようで、痛々しかった。

節分の火にてらして読んだあの石この石。もとより、そのような感傷や感動が深いものである筈はなく、又、激しいものである筈もない。けれども、今も、ありありと覚えている。そうして、毎日竹藪に雪の降る日々、嵯峨や嵐山の寺々をめぐり、清滝の奥や小倉山《おぐらやま》の墓地の奥まで当《あて》もなく踏みめぐったが、天龍寺も大覚寺も何か空虚な冷めたさをむしろ不快に思ったばかりで、一向に記憶に残らぬ。

車折神社の真裏に嵐山劇場という名前だけは確かなものだが、ひどくうらぶれた小屋があった。劇場のまわりは畑で、家がポツポツ点在するばかり。劇場前の暮方の街道をカラの牛車に酔っ払った百姓がねむり、牛が勝手に歩いて通る。僕が京都へつき、隠岐の別宅を探して自動車の運転手と二人でキョロキョロ歩いていると、電柱に嵐山劇場のビラがブラ下り、猫遊軒猫八とあって、贋物《にせもの》だったら米五十俵進呈する、とある。勿論、贋の筈はない。東京の猫八は「江戸や」猫八だからである。

＊清原のなにがし＝清原頼業(一一二二―一八九)、平安後期の儒者。＊＊牧野信一＝(一八九六―一九三六)、寡作の作家。安吾の『風博士』を絶賛し、安吾が新進作家として世に出るきっかけを作った。

言うまでもなく、猫遊軒猫八を僕はさっそく見物に行った。面白かった。猫遊軒猫八は実に腕力の強そうな人相の悪い大男で、物真似ばかりでなく一切の芸を知らないのである。和服の女が突然キモノを尻までまくりあげる踊りなど色々とあって、一番おしまいに猫八が現れる。現れたところは堂々たるもの、立派な裃《かみしも》をつけ、テーブルには豪華な幕をかけて、雲月の幕にもひけをとらない。そうして、喧嘩したい奴は遠慮なく来てくれという意味らしい不思議な微笑で見物人を見渡しながら、汝等よく見物に来てくれた、面白かったであろう。又、明晩も一そう沢山の知りあいを連れて見においで、という意味のことを喋って、終りとなるのである。何がためにテーブルに堂々たる幕をかけ、裃をつけて現れたのか。真にユニックな芸人であった。

旅芸人の群は大概一日、長くて三日の興行であった。そうして、それらの旅芸人は猫八のように喧嘩の好きなものばかりではなかった。むしろ猫八が例外だった。僕は変るたびに見物し、甚しきは同じ物を二度も三度も見にでかけたが、中には福井県の山中の農夫たちが、冬だけ一座を組織して巡業しているのもあり、漫才もやれば芝居も手品もやり、揃いも揃って言語道断に芸が下手で、座頭らしい唯一の老練な中老人がそれをひどく気にしながら、然し、心底から一座の人々をいたわる様子が痛々しいような一行もあった。十八ぐらいの綺麗な娘が一人いて、それで客をひく以外には手段がない。昼はこの娘にたった一人の附添をつけて人家よりも畑の多い道をねり歩き、漫才に芝居に踊りに、むやみに娘を舞台に上げたが、これが、又、芸が未熟で、益々もって痛々しい。僕はその翌日も見物にでかけたが、二日目は十五六名しか観衆がなく、三日目の興行を切上げて、次の町へ行ってしまった。その深夜、うどんを食いに劇場の裏を通ったら、木戸が開け放されていて、荷物を大八車につんでおり、座頭が路上でメザシを焼いていた。

嵐山の渡月橋《とげつきょう》を渡ると、茶店がズラリと立ち並び、春が人の出盛りだけれども、遊覧バスがここで中食をとることになっているので、とにかく冬も細々と営業している。或る晩、隠岐と二人で散歩のついで、ここで酒をのもうと思って、一軒一軒廻ったが、どこも灯がなく、人の気配もない。ようやく、最後に、一軒みつけた。冬の夜、まぎれ込んでくる客なぞは金輪際ないのだそうだ。四十ぐらいの温和なおかみさんと十九の女中がいて、火がないからというので、家族の居間で一つ火鉢にあたりながら酒をのんだが、女中が曲馬団*の踊り子あがりで、突然、嵐山劇場のことを喋りはじめた。嵐山劇場は常に客席の便所に小便が溢れ、臭気芬々たるものがあるのである。我々は用をたすに先立って、被害の最少の位置を選定するに一苦労しなければならない。小便の海を渉り歩いて小便壺まで辿りつかねばならぬような時もあった。客席の便所があのようでは、楽屋の汚なさが思いやられ

*曲馬団＝曲馬・軽業、奇術などを興行しながら各地をめぐる旅芸人の一座。サーカス。

る。どんなに汚いだろうかしら、と、女中は突然口走ったが、そこには激しい実感があった。無邪気な娘であった。曲馬団で一番つらかったのは、冬になると、醤油を飲まなければならなかったことだそうだ。醤油を飲むと身体が暖まるのだという。それで、裸体で舞台へ出るには、必ず醤油を飲まされる。これには降参したそうである。

僕は嵯峨では昼は専ら小説を書いた。夜になると、大概、嵐山劇場へ通った。京都の街も、神社仏閣も、名所旧蹟も、一向に心をそそらなかった。嵐山劇場の小便くさい観覧席で、百名足らずの寒々とした見物人と、くだらぬ駄洒落に欠伸《あくび》まじりで笑っているのが、それで充分であったのである。

そういう僕に隠岐がいささか手を焼いて、ひとつ、おどかしてやろうという気持になったらしい。無理に僕をひっぱりだして（その日も雪が降っていた）汽車に乗り、保津川をさかのぼり、丹波の亀岡という所へ行った。昔の亀山のことで、明智光秀の居城のあった所である。その城跡に、大本教の豪壮な本部があったのだ。不敬罪に問われ、ダイナマイトで爆破された直後であった。僕達は、それを見物にでかけたのである。

城跡は丘に壕をめぐらし、上から下まで、空壕の中も、一面に、爆破した瓦が累々と崩れ重っている。茫々たる廃墟で一木一草をとどめず、さまよう犬の影すらもない。四周に板囲いをして、おまけに鉄条網のようなものを張りめぐらし、離れた所に見張所もあったが、唯このために丹波路遥々《はるばる》（でもないが）汽車に揺られて来たのだから、豈《あに》目的を達せずんばあるべからずと、鉄条網を乗り越えて、王仁三郎《わにさぶろう》*の夢の跡へ踏みこんだ。頂上に立つと、亀岡の町と、丹波の山々にかこまれた小さな平野が一望に見える。雪が激しくなり、廃墟の瓦につもりはじめていた。目星しいものは爆破の前に没収されて影をとどめず、ただ、頂上の瓦には成程金線の模様のはいった瓦があったり、酒樽ぐらいの石像の首が石段の上にころがっていたり、王仁三郎に奉仕した三十何人かの妾達がいたと思われる中腹の夥《おびただ》しい小部屋のあたりに、中庭の若干の風景が残り、そこにも、いくつかの石像が潰れていた。とにかく、こくめいの上にもこくめいに叩き潰されている。

再び鉄条網を乗り越えて、壕に沿うて街道を歩き、街のとば口の茶屋へ這入って、保津川という清流の名にふさわしからぬ地酒をのんだが、そこへ一人の馬方が現れ、馬をつないで、これも亦《また》保津川をのみはじめた。馬方は仕事帰りに諸方で紙屑を買って帰る途中で、紙屑の儲けなど酒一本にも当らんわい、やくたいもないこっちゃ、などとボヤきながら、何本となく平げている、何か僕達に話しかけたいという風でいて、それが甚だ怖しくもあるという様子である。そのうちに酩酊に及んで、話しかけてきたのであったが、旦那方は東京から御出張どすか、と言う。いかにも、そうだ、と答えると、感に堪えて、五六ぺん

＊王仁三郎＝出口王仁三郎《おにさぶろう》（一八七一―一九四八）、大本教の教祖。

ぐらい御辞儀をしながら唸っている。話すうちに分ったのだが、僕達を特に密令を帯びて出張した刑事だと思ったのである。隠岐は筒袖の外套に鳥打帽子、商家の放蕩若旦那といういでたちであるし、僕はドテラの着流しにステッキをふりまわし、雪が降るのに外套も着ていない。異様な二人づれが禁制の地域から鉄条網を乗り越えて悠々現れるのを見たものだから、怖い物見たさで、跡をつけて来たのであった。こう言われてみると、成程、見張の人まで、僕達に遠慮していた。僕達は一時間ぐらい廃墟をうろついていたが、見張の人は番所の前を掃いたりしながら、僕達がそっちを向くと、慌てて振向いて、見ないふりをしていたのである。僕達は刑事になりすまして、大本教の潜伏信者の様子などを訊ねてみたが、馬方は泥酔しながらも俄に顔色蒼然となり、忽ち言葉も吃りはじめて、多少は知らないこともないけれども悪事を働いた覚えのない自分だから、それを訊くのだけは何分にも勘弁していただきたい、と、取調室にいるように三拝九拝していた。

宇治の黄檗山《おうばくさん》万福寺は隠元《いんげん》*の創建にかかる寺だが、隠元によれば、寺院建築の要諦は荘厳ということで、信者の俗心を高めるところの形式をととのえていなければならぬと言っていたそうである。又、人は飲食を共にすることによって交りが深くなるものだから、食事が大切であるとも言ったそうだ。成程、万福寺の斎堂（食堂）は堂々たるものであり、その普茶料理《ふちゃ》**は天下に名高いものである。尤も、食事と交際を結びつけて大切にするのは支那一般の風習だそうで、隠元に限られた思想ではないかも知れぬ。

建築の工学的なことに就ては、全然僕は知らないけれども、すくなくとも、寺院建築の特質は、先ず、第一に、寺院は住宅ではないという事である。ここには、世俗の生活を暗示するものがないばかりか、つとめてその反対の生活、非世俗的な思想を表現することに注意が集中されている。それゆえ、又、世俗生活をそのまま宗教としても肯定する真宗の寺域が忽ち俗臭芬々とするのも当然である。

然しながら、真宗の寺（京都の両本願寺）は、古来孤独な思想を暗示してきた寺院建築の様式をそのままかりて、世俗生活を肯定する自家の思想に応用しようとしているから、落着がなく、俗悪である。俗悪なるべきものが俗悪であるのは一向に差支えがないのだが、要は、ユニックな俗悪ぶりが必要だということである。

京都という所は、寺だらけ、名所旧蹟だらけで、二三丁歩くごとに大きな寺域や神域に突き当る。一週間ぐらい滞在のつもりなら、目的をきめて歩くよりも、ただ出鱈目に足の向く方へ歩くのがいい。次から次へ由緒ありげなものが現れ、いくらか心を惹かれたら、

＊隠元＝（一五九二―一六七三）江戸初期に来日、帰化した禅僧、日本黄檗宗の開祖。＊＊普茶料理＝江戸時代初期に中国から日本へもたらされた精進料理。

名前をきいたり、丁寧に見たりすればいい。狭い街だから、隅から隅まで歩いても、大したことはない。僕は、そういう風にして、時々、歩いた。深草から醍醐、小野の里、山科へ通う峠の路も歩いたし、市街ときては、何処を歩いても迷う心配のない街だから、伏見から歩きはじめて、夕方、北野の天神様にぶつかって慌てたことがあった。だが、僕が街へでる時は、歓楽をもとめるためか、孤独をもとめるためか、どちらかだ。そうして、そのような散歩に寺域はたしかに適当だが、繁華な街で車をウロウロ避けるよりも落着きがあるという程度であった。

成程、寺院は、建築自体として孤独なものを暗示しようとしている。炊事の匂いだとか女房子供というものを聯想させず、日常の心、俗な心とつながりを断とうとする意志がある。然しながら、そういう観念を、建築の上に於てどれほど具象化につとめてみても、観念自体に及ばざること遥に遠い。

日本の庭園、林泉は必ずしも自然の模倣ではないだろう。南画などに表現された孤独な思想や精神を林泉の上に現実的に表現しようとしたものらしい。茶室の建築だとか（寺院建築でも同じことだが）林泉というものは、いわば思想の表現で自然の模倣ではなく、自然の創造であり、用地の狭さというような限定は、つまり、絵に於けるカンバスの限定と同じようなものである。

けれども、茫洋たる大海の孤独さや、沙漠の孤独さ、大森林や平原の孤独さに就て考えるとき、林泉の孤独さなどというものが、いかにヒネくれてみたところで、タカが知れていることを思い知らざるを得ない。

龍安寺の石庭が何を表現しようとしているか。如何なる観念を結びつけようとしているか。タウトは修学院離宮の書院の黒白の壁紙を絶讃し、滝の音の表現だと言っているが、こういう苦しい説明までして観賞のツジツマを合せなければならないというのは、なさけない。蓋《けだ》し、林泉や茶室というものは、禅坊主の悟りと同じことで、禅的な仮説の上に建設された空中楼閣なのである。仏とは何ぞや、という。答えて、糞カキベラだという。庭に一つの石を置いて、これは糞カキベラでもあるが、又、仏でもある、という。これは仏かも知れないという風に見てくれればいいけれども、糞カキベラは糞カキベラだと見られたら、おしまいである。実際に於て、糞カキベラは糞カキベラでしかないという当前さには、禅的な約束以上の説得力があるからである。

龍安寺の石庭がどのような深い孤独やサビを表現し、深遠な禅機に通じていても構わない、石の配置が如何なる観念や思想に結びつくかも問題ではないのだ。要するに、我々が涯《はてし》ない海の無限なる郷愁や沙漠の大いなる落日を思い、石庭の与える感動がそれに及ばざる時には、遠慮なく石庭を黙殺すればいいのである。無限なる大洋や高原を庭の中に入れることが不可能だというのは意味をなさない。

芭蕉は庭をでて、大自然のなかに自家の庭を見、又、つくった。彼の人生が旅を愛したばかりでなく、彼の俳句自体が、庭的なものを出て、大自然に庭をつくった、と言うことが出来る。その庭には、ただ一本の椎の木しかなかったり、ただ夏草のみがもえていたり、岩と、浸み入る蝉の声しかなかったりする。この庭には、意味をもたせた石だの曲りくねった松の木などなく、それ自体が直接な風景であるし、同時に、直接な観念なのである。そうして、龍安寺の石庭よりは、よっぽど美しいのだ。と言って、一本の椎の木や、夏草だけで、現実的に、同じ庭をつくることは全く出来ない相談である。

だから、庭や建築に「永遠なるもの」を作ることは出来ない相談だという諦らめが、昔から、日本には、あった。建築は、やがて火事に焼けるから「永遠ではない」というのはではない。建築は火に焼けるし人はやがて死ぬから人生水の泡の如きものだというのは『方丈記』の思想で、タウトは『方丈記』を愛したが、実際、タウトという人の思想はその程度のものでしかなかった。然しながら、芭蕉の庭を現実的には作り得ないという諦らめ、人工の限度に対する絶望から、家だの庭だの調度だのというものには全然顧慮しない、という生活態度は、特に日本の実質的な精神生活者には愛用されたのである。大雅堂は画室を持たなかったし、良寛には寺すらも必要ではなかった。とはいえ、彼等は貧困に甘んじることをもって生活の本領としたのではない。むしろ、彼等は、その精神に於て、余りにも欲が深すぎ、豪奢でありすぎ、貴族的でありすぎたのだ。即ち、画室や寺が彼等に無意味なのではなく、その絶対のものが有り得ないという立場から、中途半端を排撃し、無きに如かざるの清潔を選んだのだ。

茶室は簡素を以て本領とする。然しながら、無きに如かざる精神の所産ではないのである。無きに如かざるの精神にとっては、特に払われた一切の注意が、不潔であり饒舌《じょうぜつ》である。床の間が如何に自然の素朴さを装うにしても、そのために支払われた注意が、すでに、無きに如かざるの物である。

無きに如かざるの精神にとっては、簡素なる茶室も日光の東照宮も、共に同一の「有」の所産であり、詮ずれば同じ穴の狢《むじな》なのである。この精神から眺むれば、桂離宮が単純、高尚であり、東照宮が俗悪だという区別はない。どちらも共に饒舌であり、「精神の貴族」の永遠の観賞には堪えられぬ普請なのである。

然しながら、無きに如かざるの冷酷なる批評精神は存在しても、無きに如かざるの芸術というものは存在することが出来ない。存在しない芸術などが有る筈はないのである。そうして、無きに如かざるの精神から、それはそれとして、とにかく一応有形の美に復帰しようとするならば、茶室的な不自然なる簡素を排して、人力の限りを尽した豪奢、俗悪なるものの極点に於て開花を見ようとすることも亦自然であろう。簡素なるものも豪華なるものも共に俗悪であるとすれば、俗悪を否定せんとして尚俗悪たらざるを得ぬ惨めさよりも、俗悪ならんとして俗悪である闊達自在さがむしろ取柄だ。

この精神を、僕は、秀吉に於て見る。いったい、秀吉という人は、芸術に就て、どの程度の理解や、観賞力があったのだろう？　そうして、彼の命じた多方面の芸術に対して、どの程度の差出口をしたのであろうか。秀吉自身は工人ではなく、各々の個性を生かした筈なのに、彼の命じた芸術には、実に一貫した性格があるのである。それは人工の極致、最大の豪奢ということであり、その軌道にある限りは清濁合せ呑むの概がある。城を築けば、途方もない大きな石を持ってくる。三十三間堂の塀ときては塀の中の巨人であるし、智積院《ちじゃくいん》の屛風ときては、あの前に坐った秀吉が花の中の小猿のように見えたであろう。芸術も糞もないようである。一つの最も俗悪なる意志による企業なのだ。けれども、否定することの出来ない落着きがある。安定感があるのである。

いわば、事実に於て、彼の精神は「天下者」であったと言うことが出来る。家康も天下を握ったが、彼の精神は天下者ではない。そうして、天下を握った将軍達は多いけれども、天下者の精神を持った人は、秀吉のみであった。金閣寺も銀閣寺も、凡そ天下者の精神かららは縁の遠い所産である。いわば、金持の風流人の道楽であった。

秀吉に於ては、風流も、道楽もない。彼の為す一切合財のものが全て天下一でなければ納らない狂的な意欲の表れがあるのみ。ためらいの跡がなく、一歩でも、控えてみたという形跡がない。天下の美女をみんな欲しがり、呉《く》れない時には千利休も殺してしまう始末である。あらゆる駄々をこねることが出来た。そうして、実際、あらゆる駄々をこねた。そうして、駄々っ子のもつ不逞な安定感というものが、天下者のスケールに於て、彼の残した多くのものに一貫して開花している。ただ、天下者のスケールが、日本的に小さいという憾《うら》みはある。そうして、あらゆる駄々をこねることが出来たけれども、しかも全てを意のままにすることは出来なかったという天下者のニヒリズムをうかがうことも出来るのである。大体に於て、極点の華麗さには妙な悲しみがつきまとうものだが、秀吉の足跡にもそのようなものがあり、しかも端倪《たんげい》すべからざる所がある。三十三間堂の太閤塀というものは、今、極めて小部分しか残存していないが、三十三間堂とのシムメトリイなどというものは殆んど念頭にない作品だ。シムメトリイがあるとすれば、徒《いたず》らに巨大さと落着きを争っているようなもので、元来塀というものはその内側に建築あって始めて成立つ筈であろうが、この塀ばかりは独立自存、三十三間堂が眼中にないのだ。そうして、その独立自存の逞しさと、落着きとは、三十三間堂の上にあるものである。そうして、その巨大さを不自然に見せないところの独自の曲線には、三十三間堂以上の美しさがある。

僕が亀岡へ行ったとき、王仁三郎は現代に於て、秀吉的な駄々っ子精神を、非常に突飛な形式ではあるけれども、とにかく具体化した人ではなかろうかと想像し、夢の跡に多少の期待を持ったのだったが、これはスケールが言語道断に卑小にすぎて、ただ、直接に、俗悪そのものでしかなかった。全然、貧弱、貧困であった。言うまでもなく、豪華極まって浸みでる哀愁の如きは、微塵といえども無かったのである。

酒樽ありせば、帝王も我に於て何かあらんや、と、詠じ、靴となってあの娘の足に踏まれたい、と、歌う。万葉の詩人にも、アナクレオン*のともがらにも、支那にも、ペルシャにも、文化のある所、必ず、かかる詩人と、かかる思想があったのである。然しながら、かかる思想は退屈だ。帝王何かあらんや、どころではなく、生来帝王の天質がなく、帝王になったところで、何一つ立派なことの出来る奴原《やつばら》ではないのである。

俗なる人は俗に、小なる人は小に、俗なるまま小なるままの各々の悲願を、まっとうに生きる姿がなつかしい。芸術も亦そうである。まっとうでなければならぬ。寺があって、後に、坊主があるのではなく、坊主があって、寺があるのだ。寺がなくとも、良寛は存在する。若《も》し、我々に仏教が必要ならば、それは坊主が必要なので、寺が必要なのではないのである。京都や奈良の古い寺がみんな焼けても、日本の伝統は微動もしない。日本の建築すら、微動もしない。必要ならば、新らたに造ればいいのである。バラックで、結構だ。

京都や奈良の寺々は大同小異、深く記憶にも残らないが、今も尚、車折神社の石の冷めたさは僕の手に残り、伏見稲荷の俗悪極まる赤い鳥居の一里に余るトンネルを忘れることが出来ない。見るからに醜悪で、てんで美しくはないのだが、人の悲願と結びつくとき、まっとうに胸を打つものがあるのである。これは、「無きに如かざる」ものではなく、その在り方が卑小俗悪であるにしても、なければならぬ物であった。そうして、龍安寺の石庭で休息したいとは思わないが、嵐山劇場のインチキ・レビューを眺めながら物思いに耽《ふけ》りたいとは時に思う。人間は、ただ、人間をのみ恋す。人間のない芸術など、有る筈がない。郷愁のない木立の下で休息しようとは思わないのだ。

僕は「檜垣《ひがき》」**を世界一流の文学だと思っているが、能の舞台を見たいとは思わない。もう我々には直接連絡しないような表現や唄い方を、退屈しながら、せめて一粒の砂金を待って辛抱するのが堪えられぬからだ。舞台は僕が想像し、僕がつくれば、それでいい。天才世阿弥は永遠に新らただけれども、能の舞台や唄い方や表現形式が永遠に新らたかどうかは疑しい。古いもの、退屈なものは、亡びるか、生れ変るのが当然だ。

*アナクレオン＝紀元前六世紀頃の古代ギリシアの抒情詩人。 **檜垣＝室町時代、世阿弥の能。檜垣嫗という平安時代中期の女性歌人を描いている。

三　家に就て

僕はもう、この十年来、たいがい一人で住んでいる。東京のあの街やこの街にも一人で住み、京都でも、茨城県の取手という小さな町でも、小田原でも、一人で住んでいた。ところが、家というものは（部屋でもいいが）たった一人で住んでいても、いつも悔いがつきまとう。

暫く家をあけ、外で酒を飲んだり女に戯れたり、時には、ただ何もない旅先から帰って来たりする。すると、必ず、悔いがある。叱る母もいないし、怒る女房も子供もない。隣の人に挨拶することすら、いらない生活なのである。それでいて、家へ帰る、という時には、いつも変な悲しさと、うしろめたさから逃げることが出来ない。

帰る途中、友達の所へ寄る。そこでは、一向に、悲しさや、うしろめたさが、ないのである。そうして、平々凡々と四五人の友達の所をわたり歩き、家へ戻る。すると、やっぱり、悲しさ、うしろめたさが生れてくる。

「帰る」ということは、不思議な魔物だ。「帰ら」なければ、悔いも悲しさもないのである。「帰る」以上、女房も子供も、母もなくとも、どうしても、悔いと悲しさから逃げることが出来ないのだ。帰るということの中には、必ず、ふりかえる魔物がいる。

この悔いや悲しさから逃れるためには、要するに、帰らなければいいのである。そうして、いつも、前進すればいい。ナポレオンは常に前進し、ロシヤまで、退却したことがなかった。ヒットラーは、一度も退却したことがないけれども、彼等程の大天才でも、家を逃げることが出来ない筈だ。そうして、家がある以上は、必ず帰らなければならぬ。そうして、帰る以上は、やっぱり僕と同じような不思議な悔いと悲しさから逃げることが出来ない筈だ、と僕は考えているのである。だが、あの大天才達は、僕とは別の鋼鉄だろうか。いや、別の鋼鉄だから尚更……と、僕は考えているのだ。そうして、孤独の部屋で蒼ざめた鋼鉄人の物思いに就て考える。

叱る母もなく、怒る女房もいないけれども、家へ帰ると、叱られてしまう。人は孤独で、誰に気がねのいらない生活の中でも、決して自由ではないのである。そうして、文学は、こういう所から生れてくるのだ、と僕は思っている。

「自由を我等に」という活動写真がある。機械文明への諷刺であるらしい。毎日毎日日曜日で、社長も職工もなく、毎日釣りだの酒でも飲んで遊んで暮していられたら、自由で楽しいだろうというのである。然し、自由というものは、そんなに簡単なものじゃない。誰に気がねがいらなくとも、人は自由では有り得ない。第一、毎日毎日、遊ぶことしかなければ、遊びに特殊性がなくなって、楽しくもなんともない。苦があって楽があるのだが、楽ばかりになってしまえば、世界中がただ水だけになったことと同じことで、楽の楽たる所以《ゆえん》がないだろう。人は必ず死ぬ。死あるがために、喜怒哀楽もあるのだろうが、いつまでたっても死なないと極ったら、退屈千万な話である。生きていることに、特別の意義がないからである。「自由を我等に」という活動写真の馬鹿らしさはどうでもいいが、ルネ・クレール*はとにかくとして、社会改良家などと言われる人の自由に対する認識が、やっぱり之《これ》と五十歩百歩の思いつきに過ぎないことを考えると、文学への信用を深くせずにはいられない。僕は文学万能だ。なぜなら、文学というものは、叱る母がなく、怒る女房がいなくとも、帰ってくると叱られる。そういう所から出発しているからである。だから、文学を信用することが出来なくなったら、人間を信用することが出来ないという考えでもある。

四　美に就て

三年前に取手という町に住んでいた。利根川に沿うた小さな町で、トンカツ屋とソバ屋の外に食堂がなく、僕は毎日トンカツを食い、半年目には遂に全くうんざりしたが、僕は大概一ケ月に二回ずつ東京へでて、酔っ払って帰る習慣であった。尤も、町にも酒屋はある。然し、オデン屋というようなものはなく、普通の酒屋で、框《かまち》へ腰かけてコップ酒をのむのである。これを「トンパチ」と言い、「当八」の意だそうである。即ち一升がコップ八杯にしか当らぬ。つまり、一合以上なみなみとあり、盛りがいいという意味なのである。村の百姓達は「トンパチやんべいか」と言う。勿論僕は愛用したが、一杯十五銭だったり、十七銭だったり、日によってその時の仕入れ値段で区々《まちまち》だったが、東京から来る友達は顔をしかめて飲んでいる。

この町から上野まで五十六分しかかからぬのだが、利根川、江戸川、荒川という三ツの大きな川を越え、その一つの川岸に小菅《こすげ》刑務所があった。汽車はこの大きな近代風の建築物を眺めて走るのである。非常に高いコンクリートの塀がそびえ、獄舎は堂々と翼を張って十字の形にひろがり十字の中心交叉点に大工場の煙突よりも高々とデコボコの見張の塔が突立っている。

勿論、この大建築物には一ケ所の美的装飾というものもなく、どこから見ても刑務所然としており、刑務所以外の何物でも有り得ない構えなのだが、不思議に心を惹かれる眺めである。

それは刑務所の観念と結びつき、その威圧的なもので僕の心に迫るのとは様子が違う。むしろ、懐しいような気持である。つまり、結局、どこかしら、その美しさで僕の心を惹

＊ルネ・クレール＝本名ルネ＝リュシアン・ショメット（一八九八―一九八一）、フランスの映画監督。

いているのだ。利根川の風景も、手賀沼も、この刑務所ほど僕の心を惹くことがなかった。いったい、ほんとに美しいのかしら、と、僕は時々考えた。

これに似た他の経験が、もう一つ、ハッキリ心に残っている。

もう、十数年の昔になる。その頃はまだ学生で、僕は酒も飲まない時だが、友人達と始めて同人雑誌をだし、酒を飲まないから、勢い、そぞろ歩きをしながら五時間六時間と議論をつづけることになる。そのため、足の向くままに、実に諸方の道を歩いた。深夜になり、深夜でなくとも頻《しき》りと警官に訊問されたが、左翼運動の旺《さかん》な時代で、徹底的に小うるさく訊問された。大体、深夜に数人で歩きながら、酒も飲んでいないというのが、却って怪しまれる種であった。そういう次第で心を改め大酒飲みになった訳でもないのだが。

銀座から築地へ歩き、渡船に乗り、佃島へ渡ることが、よく、あった。この渡船は終夜運転だから、帰れなくなる心配はない。佃島は一間ぐらいの暗くて細い道の両側に「佃茂」だの「佃一」だのという家が並び、佃煮屋かも知れないが、漁村の感じで、渡船を降りると、突然遠い旅に来たような気持になる。とても川向うが銀座だとは思われぬ。こんな旅の感じが好きであったが、ひとつには、聖路加病院の近所にドライアイスの工場があって、そこに雑誌の同人が勤めていたため、この方面へ足の向く機会が多かったのである。

さて、ドライアイスの工場だが、これが奇妙に僕の心を惹くのであった。

工場地帯では変哲もない建物であるかも知れぬ。起重機だのレールのようなものがあり、右も左もコンクリートで頭上の遥か高い所にも、倉庫からつづいてくる高架レールのようなものが飛び出し、ここにも一切の美的考慮というものがなく、ただ必要に応じた設備だけで一つの建築が成立っている。町家の中でこれを見ると、魁偉であり、異観であったが、然し、頭抜けて美しいことが分るのだった。

聖路加病院の堂々たる大建築。それに較べれば余り小さく、貧困な構えであったが、それにも拘らず、この工場の緊密な質量感に較べれば、聖路加病院は子供達の細工のようなたあいもない物であった。この工場は僕の胸に食い入り、遥か郷愁につづいて行く大らかな美しさがあった。

小菅刑務所とドライアイスの工場。この二つの関聯に就て、僕はふと思うことがあったけれども、そのどちらにも、僕の郷愁をゆりうごかす逞しい美感があるという以外には、強いて考えてみたことがなかった。法隆寺だの平等院の美しさとは全然違う。しかも、法隆寺だの平等院は、古代とか歴史というものを念頭に入れ、一応、何か納得しなければならぬような美しさである。直接心に突当り、はらわたに食込んでくるものではない。どこかしら物足りなさを補わなければ、納得することが出来ないのである。小菅刑務所とドライアイスの工場は、もっと直接突当り、補う何物もなく、僕の心をすぐ郷愁へ導いて行く力があった。なぜだろう、ということを、僕は考えずにいたのである。

ある春先、半島の尖端の港町へ旅行にでかけた。その小さな入江の中に、わが帝国の無敵駆逐艦が休んでいた。それは小さな、何か謙虚な感じをさせる軍艦であったけれども一見したばかりで、その美しさは僕の魂をゆりうごかした。僕は浜辺に休み、水にうかぶ黒い謙虚な鉄塊を飽かず眺めつづけ、そうして、小菅刑務所とドライアイスの工場と軍艦と、この三つのものを一にして、その美しさの正体を思いだしていたのであった。

この三つのものが、なぜ、かくも美しいか。ここには、美しくするために加工した美しさが、一切ない。美というものの立場から附加えた一本の柱も鋼鉄もなく、美しくないという理由によって取去った一本の柱も鋼鉄もない。ただ必要なもののみが、必要な場所に置かれた。そうして、不要なる物はすべて除かれ、必要のみが要求する独自の形が出来上っているのである。それは、それ自身に似る外には、他の何物にも似ていない形である。必要によって柱は遠慮なく歪められ、鋼鉄はデコボコに張りめぐらされ、レールは突然頭上から飛出してくる。すべては、ただ、必要ということだ。そのほかのどのような旧来の観念も、この必要のやむべからざる生成をはばむ力とは成り得なかった。そうして、ここに、何物にも似ない三つのものが出来上ったのである。

僕の仕事である文学が、全く、それと同じことだ。美しく見せるための一行があってもならぬ。美は、特に美を意識して成された所からは生れてこない。どうしても書かねばならぬこと、書く必要のあること、ただ、そのやむべからざる必要にのみ応じて、書きつくされなければならぬ。ただ「必要」であり、一も二も百も、終始一貫ただ「必要」のみ。そうして、この「やむべからざる実質」がもとめた所の独自の形態が、美を生むのだ。実質からの要求を外れ、美的とか詩的とかいう立場に立って一本の柱を立てても、それは、もう、たわいもない細工物になってしまう。これが、散文の精神であり、小説の真骨頂である。そうして、同時に、あらゆる芸術の大道なのだ。

問題は、汝の書こうとしたことが、真に必要なことであるか、ということだ。汝の生命と引換えにしても、それを表現せずにはやみがたいところの汝自らの宝石であるか、どうか、ということだ。そうして、それが、その要求に応じて、汝の独自なる手により、不要なる物を取去り、真に適切に表現されているかどうか、ということだ。

百米《メートル》を疾走するオウエンス*の美しさと二流選手の動きには、必要に応じた完全なる動きの美しさと、応じ切れないギゴチなさの相違がある。僕が中学生の頃、百米の選手といえば、痩せて、軽くて、足が長くて、スマートの身体でなければならぬと極っていた。ふ

＊オウエンス＝ジェシー・オーエンス（一九一三―一九八〇）、アメリカの陸上選手。一九三六年ベルリンオリンピックで男子一〇〇、二〇〇、四×一〇〇リレー、走り幅跳びで優勝。

とった重い男は専ら投擲の方へ廻され、フィールドの片隅で砲丸を担いだりハンマーを振廻していたのである。日本へも来たことのあるパドック*だのシムプソン**の頃までは、そうだった。メトカルフ***だのトーラン****が現れた頃から、短距離には重い身体の加速度が最後の条件であると訂正され、スマートな身体は中距離の方へ廻されるようになったのである。いつか、羽田飛行場へでかけて、分捕品のイ―十六型戦闘機を見たが、飛行場の左端に姿を現したかと思ううちに右端へ飛去り、呆れ果てた速力であった。日本の戦闘機は格闘性に重点を置き、速力を二の次にするから、速さの点では比較にならない。イ―十六は胴体が短く、ずんぐり太っていて、ドッシリした重量感があり、近代式の百米選手の体格の条件に全く良く当てはまっているのである。スマートな所は微塵もなく、あくまで不恰好に出来上っているが、その重量の加速度によって風を切る速力的な美しさは、スマートな旅客機などの比較にならぬものがあった。

　見たところのスマートだけでは、真に美なる物とはなり得ない。すべては、実質の問題だ。美しさのための美しさは素直でなく、結局、本当の物ではないのである。要するに、空虚なのだ。そうして、空虚なものは、その真実のものによって人を打つことは決してなく、詮ずるところ、有っても無くても構わない代物である。法隆寺も平等院も焼けてしまって一向に困らぬ。必要ならば、法隆寺をとりこわして停車場をつくるがいい。我が民族の光輝ある文化や伝統は、そのことによって決して亡びはしないのである。武蔵野の静かな落日はなくなったが累々たるバラックの屋根に夕陽が落ち、埃のために晴れた日も曇り、月夜の景観に代ってネオン・サインが光っている。ここに我々の実際の生活が魂を下している限り、これが美しくなくて、何であろうか。見給え、空には飛行機がとび、海には鋼鉄が走り、高架線を電車が轟々と駈けて行く。我々の生活が健康である限り、西洋風の安直なバラックを模倣して得々としても、我々の文化は健康だ。我々の伝統も健康だ。必要ならば公園をひっくり返して菜園にせよ。それが真に必要ならば、必ずそこにも真の美が生れる。そこに真実の生活があるからだ。そうして、真に生活する限り、猿真似を羞ることはないのである。それが真実の生活である限り、猿真似にも、独創と同一の優越があるのである。

(『現代文学』一九四二年三月号)

＊パドック＝チャールズ・パドック(一九〇〇—一九四三)、アメリカの陸上選手。＊＊シムプソン＝ジョージ・シンプソン(一九〇八—一九六一)、アメリカの陸上選手。＊＊＊メトカルフ＝ラルフ・ハロルド・メトカーフ(一九一〇—一九七八)アメリカの陸上選手。一九三〇年代初頭、一〇〇メートルの世界記録は一〇秒三だったが、メトカーフは九度この記録を出し、「人類で最も早い男」といわれた。＊＊＊＊トーラン＝エディ・トーラン(一九〇八—一九六七)、アメリカの陸上選手。一九三二年ロサンゼルスオリンピック、男子一〇〇、二〇〇メートルを制した。

堕落論

半年のうちに世相は変った。醜《しこ》の御楯《みたて》*といでたつ我は。大君のへにこそ死なめかへりみはせじ。**若者達は花と散ったが、同じ彼等が生き残って闇屋となる。ももとせの命ねがはじいつの日か御楯とゆかん君とちぎりて。けなげな心情で男を送った女達も半年の月日のうちに夫君の位牌にぬかずくことも事務的になるばかりであろうし、やがて新たな面影を胸に宿すのも遠い日のことではない。人間が変ったのではない。人間は元来そういうものであり、変ったのは世相の上皮だけのことだ。

昔、四十七士の助命を排して処刑を断行した理由の一つは、彼等が生きながらえて生き恥をさらし折角の名を汚す者が現れてはいけないという老婆心であったそうな。現代の法律にこんな人情は存在しない。けれども人の心情には多分にこの傾向が残っており、美し

*醜の御楯＝天皇の楯となって外敵を防ぐ者。『万葉集』今奉部与曽布の歌「今日よりは顧みなくて大君の〈之許乃美多弖〉と出で立つわれは」より。**大君の……＝軍歌「海ゆかば」の一節。

いものを美しいままで終らせたいということは一般的な心情の一つのようだ。十数年前だかに童貞処女のまま愛の一生を終らせようと大磯のどこかで心中した学生と娘があったが世人の同情は大きかったし、私自身も、数年前に私と極めて親しかった姪の一人が二十一の年に自殺したとき、美しいうちに死んでくれて良かったような気がした。一見一清楚な娘であったが、壊れそうな危なさがあり真逆様《まっさかさま》に地獄へ堕ちる不安を感じさせるところがあって、その一生を正視するに堪えないような気がしていたからであった。

この戦争中、文士は未亡人の恋愛を書くことを禁じられていた。戦争未亡人を挑発堕落させてはいけないという軍人政治家の魂胆で彼女達に使徒の余生を送らせようと欲していたのであろう。軍人達の悪徳に対する理解力は敏感であって、彼等は女心の変り易さを知らなかったわけではなく、知りすぎていたので、こういう禁止項目を案出に及んだまでであった。

いったいが日本の武人は古来婦女子の心情を知らないと言われているが、之《これ》は皮相の見解で、彼等の案出した武士道という武骨千万な法則は人間の弱点に対する防壁がその最大の意味であった。

武士は仇討のために草の根を分け乞食となっても足跡を追いまくらねばならないというのであるが、真に復讐の情熱をもって仇敵の足跡を追いつめた忠臣孝子があったであろうか。彼等の知っていたのは仇討の法則と法則に規定された名誉だけで、元来日本人は最も憎悪心の少い又永続しない国民であり、昨日の敵は今日の友という楽天性が実際の偽らぬ心情であろう。昨日の敵と妥協否肝胆相照《かんたんあいてら》すのは日常茶飯事であり、仇敵なるが故に一そう肝胆相照らし、忽ち二君に仕えたがるし、昨日の敵にも仕えたがる。生きて捕虜の恥を受けるべからず、というが、こういう規定がないと日本人を戦闘にかりたてるのは不可能なので、我々は規約に従順であるが、我々の偽らぬ心情は規約と逆なものである。日本戦史は武士道の戦史よりも権謀術数の戦史であり、歴史の証明にまつよりも自我の本心を見つめることによって歴史のカラクリを知り得るであろう。今日の軍人政治家が未亡人の恋愛に就いて執筆を禁じた如く、古《いにしえ》の武人は武士道によって自らの又部下達の弱点を抑える必要があった。

小林秀雄は政治家のタイプを、独創をもたずただ管理し支配する人種と称しているが、必ずしもそうではないようだ。政治家の大多数は常にそうであるけれども、少数の天才は管理や支配の方法に独創をもち、それが凡庸な政治家の規範となって個々の時代、個々の政治を貫く一つの歴史の形で巨大な生き者の意志を示している。政治の場合に於て、歴史は個をつなぎ合せたものでなく、個を没入せしめた別個の巨大な生物となって誕生し、歴史の姿に於て政治も亦《また》巨大な独創を行っているのである。この戦争をやった者は誰であるか、東条であり軍部であるか。そうでもあるが、然し又、日本を貫く巨大な生物、歴史のぬきさしならぬ意志であったに相違ない。日本人は歴史の前ではただ運命に従順な子供であったにすぎない。政治家によし独創はなくとも、政治は歴史の姿に於て独創をもち、意欲をもち、やむべからざる歩調をもって大海の波の如くに歩いて行く。何人《なんぴと》が武士道を案出したか。之も亦歴史の独創、又は嗅覚であったであろう。歴史は常に人間を嗅ぎだしている。そして武士道は人性や本能に対する禁止条項である為に非人間的反人性的なものであるが、その人性や本能に対する洞察の結果である点に於ては全く人間的なものである。

私は天皇制に就ても、極めて日本的な（従って或いは独創的な）政治的作品を見るのである。天皇制は天皇によって生みだされたものではない。天皇は時に自ら陰謀を起したこともあるけれども、概して何もしておらず、その陰謀は常に成功のためしがなく、島流しとなったり、山奥へ逃げたり、そして結局常に政治的理由によってその存立を認められてきた。社会的に忘れた時にすら政治的に担《かつ》ぎだされてくるのであって、その存立の政治的理由はいわば政治家達の嗅覚によるもので、彼等は日本人の性癖を洞察し、その性癖の中に天皇制を発見していた。それは天皇家に限るものではない。代り得るものならば、孔子家でも釈迦家でもレーニン家でも構わなかった。ただ代り得なかっただけである。

すくなくとも日本の政治家達（貴族や武士）は自己の永遠の隆盛（それは永遠ではなか

ったが、彼等は永遠を夢みたであろう）を約束する手段として絶対君主の必要を嗅ぎつけていた。平安時代の藤原氏は天皇の擁立を自分勝手にやりながら、自分が天皇の下位であるのを疑りもしなかったし、迷惑にも思っていなかった。天皇の存在によって御家騒動の処理をやり、弟は兄をやりこめ、兄は父をやっつける。彼等は本能的な実質主義者であり、自分の一生が愉しければ良かったし、そのくせ朝儀を盛大にして天皇を拝賀する奇妙な形式が大好きで、満足していた。天皇を拝むことが、自分自身の威厳を示し、又、自ら威厳を感じる手段でもあったのである。

我々にとっては実際馬鹿げたことだ。我々は靖国神社の下を電車が曲るたびに頭を下げさせられる馬鹿らしさには閉口したが、或種の人々にとっては、そうすることによってしか自分を感じることが出来ないので、我々は靖国神社に就てはその馬鹿らしさを笑うけれども、外の事柄に就て、同じような馬鹿げたことを自分自身でやっている。そして自分の馬鹿らしさには気づかないだけのことだ。宮本武蔵は一乗寺下り松の果し場へ急ぐ途中、八幡様の前を通りかかって思わず拝みかけて思いとどまったというが、吾神仏をたのまずという彼の教訓は、この自らの性癖に発し、又向けられた悔恨深い言葉であり、我々は自発的にはずいぶん馬鹿げたものを拝み、ただそれを意識しないというだけのことだ。道学先生は教壇で先ず書物をおしいただくが、彼はそのことに自分の威厳と自分自身の存在すらも感じているのであろう。そして我々も何かにつけて似たことをやっている。

日本人の如く権謀術数を事とする国民には権謀術数のためにも大義名分のためにも天皇が必要で、個々の政治家は必ずしもその必要を感じていなくとも、歴史的な嗅覚に於て彼等はその必要を感じるよりも自らの居る現実を疑ることがなかったのだ。秀吉は聚楽《じゅらく》に行幸を仰いで自ら盛儀に泣いていたが、自分の威厳をそれによって感じると同時に、宇宙の神をそこに見ていた。これは秀吉の場合であって、他の政治家の場合ではないが、権謀術数がたとえば悪魔の手段にしても、悪魔が幼児の如くに神を拝むことも必ずしも不思議ではない。どのような矛盾も有り得るのである。

要するに天皇制というものも武士道と同種のもので、女心は変り易いから「節婦は二夫に見《まみ》えず」という、禁止自体は非人間的、反人性的であるけれども、洞察の真理に於て人間的であることと同様に、天皇制自体は真理ではなく、又自然でもないが、そこに至る歴史的な発見や洞察に於て軽々しく否定しがたい深刻な意味を含んでおり、ただ表面的な真理や自然法則だけでは割り切れない。

まったく美しいものを美しいままで終らせたいなどと希《ねが》うことは小さな人情で、私の姪の場合にしたところで、自殺などせず生きぬきそして地獄に堕ちて暗黒の曠野《こうや》をさまようことを希うべきであるかも知れぬ。現に私自身が自分に課した文学の道とはかかる曠野の流浪であるが、それにも拘《かかわ》らず美しいものを美しいままで終らせたいという小さな希いを消し去るわけにも行かぬ。未完の美は美ではない。その当然堕ちるべき地獄での遍歴に淪《りん》落《らく》*自体が美でありうる時に始めて美とよびうるのかも知れないが、二十の処女をわざわざ六十の老醜の姿の上で常に見つめなければならぬのか。これは私には分らない。私は二十の美女を好む。

死んでしまえば身も蓋もないというが、果してどういうものであろうか。敗戦して、結局気の毒なのは戦歿した英霊達だ、という考え方も私は素直に肯定することができない。けれども、六十すぎた将軍達が尚《なお》生に恋々として法廷にひかれることを思うと、何が人生の魅力であるか、私には皆目分らず、然し恐らく私自身も、もしも私が六十の将軍であったなら矢張り生に恋々として法廷にひかれるであろうと想像せざるを得ないので、私は生という奇怪な力にただ茫然たるばかりである。私は二十の美女を好むが、老将軍も亦二十の美女を好んでいるのか。そして戦歿の英霊が気の毒なのも二十の美女を好む意味に於てであるか。そのように姿の明確なものなら、私は安心することもできるし、そこから一途《いちず》に二十の美女を追っかける信念すらも持ちうるのだが、生きることは、もっとわけの分らぬものだ。

＊淪落＝落ちぶれて身を持ち崩すこと。

私は血を見ることが非常に嫌いで、いつか私の眼前で自動車が衝突したとき、私はクルリと振向いて逃げだしていた。けれども、私は偉大な破壊が好きであった。私は爆弾や焼夷弾に戦《おのの》きながら、狂暴な破壊に劇《はげ》しく亢奮《こうふん》していたが、それにも拘らず、このときほど人間を愛しなつかしんでいた時はないような思いがする。

私は疎開をすすめ又すすんで田舎の住宅を提供しようと申出てくれた数人の親切をしりぞけて東京にふみとどまっていた。大井広介*の焼跡の防空壕を、最後の拠点にするつもりで、そして九州へ疎開する大井広介と別れたときは東京からあらゆる友達を失った時でもあったが、やがて米軍が上陸し四辺《あたり》に重砲弾の炸裂するさなかにその防空壕に息をひそめている私自身を想像して、私はその運命を甘受し待ち構える気持になっていたのである。私は死ぬかも知れぬと思っていたが、より多く生きることを確信していたに相違ない。然し廃墟に生き残り、何か抱負を持っていたかと云えば、私はただ生き残ること以外の何の目算もなかったのだ。予想し得ぬ新世界への不思議な再生。その好奇心は私の一生の最も新鮮なものであり、その奇怪な鮮度に対する代償としても東京にとどまることを賭ける必要があるという奇妙な呪文に憑かれていたというだけであった。そのくせ私は臆病で、昭和二十年の四月四日という日、私は始めて四周《まわり》に二時間にわたる爆撃を経験したのだが、頭上の照明弾で昼のように明るくなった、そのとき丁度上京していた次兄が防空壕の中から焼夷弾かと訊いた、いや照明弾が落ちてくるのだと答えようとした私は一応腹に力を入れた上でないと声が全然でないという状態を知った。又、当時日本映画社の嘱託だった私は銀座が爆撃された直後、編隊の来襲を銀座の日映の屋上で迎えたが、五階の建物の上に塔があり、この上に三台のカメラが据えてある。空襲警報になると路上、窓、屋上、銀座からあらゆる人の姿が消え、屋上の高射砲陣地すらも掩壕《えんごう》＊＊に隠れて人影はなく、ただ天地に露出する人の姿は日映屋上の十名程の一団のみであった。先ず石川島に焼夷弾の雨がふり、次の編隊が真上へくる。私は足の力が抜け去ることを意識した。煙草をくわえてカメラを編隊に向けている憎々しいほど落着いたカメラマンの姿に驚嘆したのであった。

けれども私は偉大な破壊を愛していた。運命に従順な人間の姿は奇妙に美しいものである。麹町のあらゆる大邸宅が嘘のように消え失せて余燼《よじん》＊＊＊をたてており、上品な父と娘がたった一つの赤皮のトランクをはさんで濠端の緑草の上に坐っている。片側に余燼をあげる茫々たる廃墟がなければ、平和なピクニックと全く変るところがない。ここも消え失せて茫々ただ余燼をたてている道玄坂では、坂の中途にどうやら爆撃のものではなく自動車にひき殺されたと思われる死体が倒れており、一枚のトタンがかぶせてある。かたわらに銃

＊大井広介＝おおい・ひろすけ（一九一二—一九七六）、文芸評論家。＊＊掩壕＝守備の兵員を敵弾から守るため、穴を掘り、土を敵に面したほうに積み上げた壕。＊＊＊余燼＝空襲を受けた後のくすぶり。

剣の兵隊が立っていた。行く者、帰る者、罹災者達の蜿蜒《えんえん》たる流れがまことにただ無心の流れの如くに死体をすりぬけて行き交い、路上の鮮血にも気づく者すら居らず、たまさか気づく者があっても、捨てられた紙屑を見るほどの関心しか示さない。米人達は終戦直後の日本人は虚脱し放心していると言ったが、爆撃直後の罹災者達の行進は虚脱や放心と種類の違った驚くべき充満と重量をもつ無心であり、素直な運命の子供であった。笑っているのは常に十五六、十六七の娘達であった。彼女達の笑顔は爽やかだった。焼跡をほじくりかえして焼けたバケツへ掘りだした瀬戸物を入れていたり、わずかばかりの荷物の張番をして路上に日向《ひなた》ぼっこをしていたり、この年頃の娘達は未来の夢でいっぱいで現実などは苦にならないのであろうか、それとも高い虚栄心のためであろうか。私は焼野原に娘達の笑顔を探すのがたのしみであった。

あの偉大な破壊の下では、運命はあったが、堕落はなかった。無心であったが、充満していた。猛火をくぐって逃げのびてきた人達は、燃えかけている家のそばに群がって寒さの煖をとっており、同じ火に必死に消火につとめている人々から一尺離れているだけで全然別の世界にいるのであった。偉大な破壊、その驚くべき愛情。偉大な運命、その驚くべき愛情。それに比べれば、敗戦の表情はただの堕落にすぎない。

だが、堕落ということの驚くべき平凡さや平凡な当然さに比べると、あのすさまじい偉大な破壊の愛情や運命に従順な人間達の美しさも、泡沫のような虚しい幻影にすぎないという気持がする。

徳川幕府の思想は四十七士を殺すことによって永遠の義士たらしめようとしたのだが、四十七名の堕落のみは防ぎ得たにしたところで、人間自体が常に義士から凡俗へ又地獄へ転落しつづけていることを防ぎうるよしもない。節婦は二夫に見えず、忠臣は二君に仕えず、と規約を制定してみても人間の転落は防ぎ得ず、よしんば処女を刺し殺してその純潔を保たしめることに成功しても、堕落の平凡な跫音《あしおと》、ただ打ちよせる波のようなその当然な跫音に気づくとき、人為の卑小さ、人為によって保ち得た処女の純潔の卑小さなどは泡沫の如き虚しい幻像にすぎないことを見出さずにいられない。

特攻隊の勇士はただ幻影であるにすぎず、人間の歴史は闇屋となるところから始まるのではないのか。未亡人が使徒たることも幻影にすぎず、新たな面影を宿すところから人間の歴史が始まるのではないのか。そして或は天皇もただ幻影であるにすぎず、ただの人間になるところから真実の天皇の歴史が始まるのかも知れない。

歴史という生き物の巨大さと同様に人間自体も驚くほど巨大だ。生きるという事は実に唯一の不思議である。六十七十の将軍達が切腹もせず轡《くつわ》を並べて法廷にひかれるなどとは終戦によって発見された壮観な人間図であり、日本は負け、そして武士道は亡びたが、堕落という真実の母胎によって始めて人間が誕生したのだ。生きよ堕ちよ、その正当な手順の外に、真に人間を救い得る便利な近道が有りうるだろうか。私はハラキリを好まない。昔、松永弾正という老獪陰鬱な陰謀家は信長に追いつめられて仕方なく城を枕に討死したが、死ぬ直前に毎日の習慣通り延命の灸をすえ、それから鉄砲を顔に押し当て顔を打ち砕いて死んだ。そのときは七十をすぎていたが、人前で平気で女と戯れる悪どい男であった。この男の死に方には同感するが、私はハラキリは好きではない。

私は戦《おのの》きながら、然し、惚れ惚れとその美しさに見とれていたのだ。私は考える必要がなかった。そこには美しいものがあるばかりで、人間がなかったからだ。実際、泥棒すらもいなかった。近頃の東京は暗いというが、戦争中は真の闇で、そのくせどんな深夜でもオイハギなどの心配はなく、暗闇の深夜を歩き、戸締なしで眠っていたのだ。戦争中の日本は嘘のような理想郷で、ただ虚しい美しさが咲きあふれていた。それは人間の真実の美しさではない。そしてもし我々が考えることを忘れるなら、これほど気楽なそして壮観な見世物はないだろう。たとえ爆弾の絶えざる恐怖があるにしても、考えることがない限り、人は常に気楽であり、ただ惚れ惚れと見とれておれば良かったのだ。私は一人の馬鹿であった。最も無邪気に戦争と遊び戯れていた。

終戦後、我々はあらゆる自由を許されたが、人はあらゆる自由を許されたとき、自らの不可解な限定とその不自由さに気づくであろう。人間は永遠に自由では有り得ない。なぜなら人間は生きており、又死なねばならず、そして人間は考えるからだ。政治上の改革は一日にして行われるが、人間の変化はそうは行かない。遠くギリシャに発見され確立の一歩を踏みだした人性が、今日、どれほどの変化を示しているであろうか。

人間。戦争がどんなすさまじい破壊と運命をもって向うにしても人間自体をどう為しうるものでもない。戦争は終った。特攻隊の勇士はすでに闇屋となり、未亡人はすでに新たな面影によって胸をふくらませているではないか。人間は変りはしない。ただ人間へ戻ってきたのだ。人間は堕落する。義士も聖女も堕落する。それを防ぐことはできないし、防ぐことによって人を救うことはできない。人間は生き、人間は堕ちる。そのこと以外の中に人間を救う便利な近道はない。

戦争に負けたから堕ちるのではないのだ。人間だから堕ちるのであり、生きているから堕ちるだけだ。だが人間は永遠に堕ちぬくことはできないだろう。なぜなら人間の心は苦難に対して鋼鉄の如くでは有り得ない。人間は可憐《かれん》であり脆弱であり、それ故愚かなものであるが、堕ちぬくためには弱すぎる。人間は結局処女を刺殺せずにはいられず、武士道をあみださずにはいられず、天皇を担ぎださずにはいられなくなるであろう。だが他人の処女でなしに自分自身の処女を刺殺し、自分自身の武士道、自分自身の天皇をあみだすためには、人は正しく堕ちる道を堕ちきることが必要なのだ。そして人の如くに日本も亦堕ちることが必要であろう。堕ちる道を堕ちきることによって、自分自身を発見し、救わなければならない。政治による救いなどは上皮だけの愚にもつかない物である。

（『新潮』一九四六年四月号）

風と光と二十の私と

私は放校されたり、落第したり、中学を卒業したのは二十の年であった。十八のとき父が死んで、残されたのは借金だけということが分って、私達は長屋へ住むようになった。お前みたいな学業の嫌いな奴が大学などへ入学しても仕方がなかろう、という周囲の説で、尤《もっと》も別に大学へ入学するなという命令ではなかったけれども、尤もな話であるから、私は働くことにした。小学校の代用教員になったのである。

私は性来放縦で、人の命令に服すということが性格的にできない。私は幼稚園の時からサボることを覚えたもので、中学の頃は出席日数の半分はサボった。教科書などは学校の机の中へ入れたまま、手ぶらで通学して休んでいたので、休んで映画を見るとか、そんなわけではない。故郷の中学では浜の砂丘の松林にねころんで海と空をボンヤリ眺めていただけで、別段、小説などを読んでいたわけでもない。全然ムダなことをしていたので、これは私の生涯の宿命だ。田舎の中学を追いだされて、東京の不良少年の集る中学へ入学して、そこでも私が欠席の筆頭であったが、やっぱり映画を見に行くなどということは稀で、学校の裏の墓地や雑司ヶ谷の墓地の奥の囚人墓地という木立にかこまれた一段歩《たんぶ》ほどの草原でねころんでいた。私がここにねころんでいるのはいつものことで、学校をサボる私の仲間はここへ私を探しにきたものだ。Sというそのころ有名なボクサーが同級生で、学校を休んで拳闘のグラブをもってやってきて、この草原で拳闘の練習をしたこともあるが、私は当時から胃が弱くて、胃をやられると一ぺんにノビてしまうので、拳闘はやらなかった。この草原の木の陰は湿地で蛇が多いのでボクサーは蛇をつかまえて売るのだと云って持ち帰ったが、あるとき彼の家へ遊びに行ったら、机のヒキダシへ蛇を飼っていた。ある日、囚人墓地でボクサーが蛇を見つけ、飛びかかってシッポをつかんでぶら下げたとたんに蝮《まむし》と気がついて、彼は急に恐怖のために殺気立って狂ったような真剣さで蛇をクルクルふりまわし始めたが、五分間も唸り声ひとつ立てずにふり廻していたものだ。それから蛇を大地へ叩きつけて、頭をふみつぶしたが、冗談じゃないぜ、蝮にかまれて囚人墓地でオダブツなんて笑い話にもならねえ、と呟きながらこくめいに頭を踏みつぶしていたのを妙に今もはっきり覚えている。

私はこの男にたのまれて飜訳をやったことがある。この男は中学時代から諸方の雑誌へボクシングの雑文を書いていたが、私にボクシング小説の飜訳をさせて「新青年」へのせた。「人心収攬《しゅうらん》術」というので、これは私の訳したものなのである。原稿料は一枚三円でお前に半分やると云っていたが、その後言を左右にして私に一文もくれなかった。私が後日物を書いて原稿料を貰うようになっても、一流の雑誌でも二円とかせいぜい二円五十銭で、私が三円の稿料を貰ったのは文筆生活十五年ぐらいの後のことであった。純文学というものの稼ぎは中学生の駄文の飜訳に遠く及ばないのである。

私はこの不良少年の中学へ入学してから、漠然と宗教にこがれていた。人の命令に服することのできない生れつきの私は、自分に命令してそれに服するよろこびが強いのかも知れない。然し非常に漠然たるあこがれで、求道のきびしさにノスタルジイのようなものを感じていたのである。

凡そ学校の規律に服することのできない不良中学生が小学校の代用教員になるというのは変な話だが、然し、少年多感の頃は又それなりに夢と抱負はあって、第一、その頃の方が今の私よりも大人であった。私は今では世間なみの挨拶すらろくにできない人間になったが、その頃は節度もあり、たしなみもあり、父兄などともったいぶって教育家然と話をしていたものだ。

今新潟で弁護士の伴純という人が、そのころは「改造」などへ物を書いており、夢想家で、青梅の山奥へ掘立小屋をつくって奥さんと原始生活をしていた。私も後日この小屋をかりて住んだことがあったが、モモンガーなどを弓で落して食っていたので、私が住んだときは小屋の中へ蛇がはいってきて、こまった。この伴氏が私が教員になるとき、こういうことを私に教えてくれた。人と話をするときは、始め、小さな声で語りだせ、というのだ。え、なんですか、と相手にきき耳をたてさせるようにして、先ず相手をひきずるようにしたまえ、と云うのだ。

私の学校の地区に、伴氏の友人で藤田という、両手の指が各々三本ずつという畸形児で鯰ばかり書いている風変りな日本画家がいる。一風変った境地をもっているから一度訪ねてごらんなさい、と紹介状をくれたので、訪ねてみたことがある。今日はただ挨拶にきただけだ、いずれゆっくり来るからと私が言うのに、いや、そんなことを云わずに、サイダーがあるから、ぜひ上れという。無理にすすめるので、それでは、と私が上ると、奥さんをよんで、オイ、サイダーを買ってこい、と言うので、これには面喰《めんくら》ったものだ。

★

私が代用教員をしたところは、世田ヶ谷の下北沢というところで、その頃は荏原郡と云い、まったくの武蔵野で、私が教員をやめてから、小田急ができて、ひらけたので、そのころは竹藪だらけであった。本校は世田ヶ谷の町役場の隣にあるが、私のはその分校で、教室が三つしかない。学校の前にアワシマサマというお灸だかの有名な寺があり、学校の横に学用品やパンやアメダマを売る店が一軒ある外は四方はただ広茫かぎりもない田園で、もとよりその頃はバスもない。今、井上友一郎*の住んでるあたりがどうもその辺らしい気がするのだが、あんまり変りすぎて、もう見当がつかない。その頃は学校の近所には農家すらなく、まったくただひろびろとした武蔵野で、一方に丘がつらなり、丘は竹藪と麦畑で、原始林もあった。この原始林をマモリヤマ公園などと称していたが、公園どころか、ただの原始林で、私はここへよく子供をつれて行って遊ばせた。

私は五年生を受持ったが、これが分校の最上級生で、男女混合の七十名ぐらいの組であるが、どうも本校で手に負えないのを分校へ押しつけていたのではないかと思う。七十人のうち、二十人ぐらい、ともかく片仮名で自分の名前だけは書けるが、あとはコンニチハ一つ書くことのできない子供がいる。二十人もいるのだ。このてあいは教室の中で喧嘩ばかりしており、兵隊が軍歌を唄って外を通ると、授業中に窓からとびだして見物に行くのがある。この子供は兇暴で、異常児だ。アサリムキミ屋の子供だが、コレラが流行してアサリが売れなくなったとき、俺のアサリがコレラでたまるけえ、とアサリをくって一家中

＊井上友一郎＝いのうえ・ともいちろう（一九〇九―一九九七）、小説家。安吾、田村泰次郎らと同人誌『桜』で活躍。

コレラになり、子供が学校へくる道で米汁のような白いものを吐きだした。尤もみんな生命は助かったようである。

本当に可愛いい子供は悪い子供の中にいる。子供はみんな可愛いいものだが、本当の美しい魂は悪い子供がもっているので、あたたかい思いや郷愁をもっている。こういう子供に無理に頭の痛くなる勉強を強いることはないので、その温い心や郷愁の念を心棒に強く生きさせるような性格を育ててやる方がいい。私はそういう主義で、彼等が仮名も書けないことは意にしなかった。田中という牛乳屋の子供は朝晩自分で乳をしぼって、配達していたが、一年落第したそうで、年は外《ほか》の子供より一つ多い。腕っぷしが強く外の子供をいじめるというので、着任のとき、分教場の主任から特にその子供のことを注意されたが、実は非常にいい子供だ。乳をしぼるところを見せてくれと云って遊びに行ったら躍りあがるように喜んで出てきて、時々人をいじめることもあったが、ドブ掃除だの物の運搬だの力仕事というと自分で引受けて、黙々と一人でやりとげてしまう。先生、オレは字は書けないから叱らないでよ。その代り、力仕事はなんでもするからね、と可愛いいことを云って私にたのんだ。こんな可愛いい子がどうして札つきだと言われるのだか、第一、字が書けないということは咎むべきことではない。要は魂の問題だ。落第させるなどとは論外である。

女の子には閉口した。五年生ぐらいになると、もう女で、中には生理的にすら女でないかと思われるのが二人いた。

私は始め学校の近くのこの辺でたった一軒の下宿屋へ住んだが、部屋数がいくつもないので、同宿だ。このへんに海外殖民の実習的の学校があって、東北の田舎まるだしの農家出の生徒と同宿したが、奇妙な男で、あたたかい御飯は食べない。子供の時から野良仕事で冷飯ばかり食って育ったので、あたたかい御飯はどうしても食べる気にならないと云って、さましてから食っている。ところが、この下宿の娘が二十四五で、二十貫もありそうな大女だが、これが私に猛烈に惚れて、私の部屋へ遊びにきて、まるでもうウワずって、とりのぼせて、呂律《ろれつ》が廻らないような、顔の造作がくずれて目尻がとけるような、身体がそわそわと、全く落付なく喋《しゃべ》ったり、沈黙したり、ニヤニヤ笑ったり、いきなりこの突撃には私も呆気にとられたものだ。そして私の部屋へだけ自分で御飯をたいて、いつもあたたかいのを持ってくるから、同宿の猫舌先生がわが身の宿命を嘆いたものである。この娘の狂恋ぶりには下宿の老夫婦も手の施す術がなく困りきっていた様子であったが、私はそれ以上に困却して、二十日ぐらいで引越した。同宿者があっては勉強ができないから、と云って、引越しの決意を老夫婦に打ち開けると、そのホッとした様子は意外のほどで、又、私への感謝は全く私の予想もしないものだった。だからこの老夫婦はそれ以来常に私を賞揚し口を極めてほめたたえていたそうで、私にとっては思いもよらぬことであったが、ところがここの娘の一人が私の組の生徒で、これが誰よりマセた子だ。親が私をほめるのが心外で、私に面と向って、お父さんやお母さんが先生をとてもほめるから変だという。先生はそんないい人じゃないと言うのだ。こういう女の子供たちは私が男の悪童を可愛がってやるのが心外であり、嫉ましいのである。女の子の嫉妬深さというものは二十の私の始めて見た意外であって、この対策にはほとほと困却したものだった。

私が引越したのは分教場の主任の家の二階であった。代田橋にあって、一里余の道だ。けれども分教場の子供達の半数はそれぐらい歩いて通っていて、私が学校へくるまでには生徒が三十人ぐらい一緒になってしまう。私は時に遅刻したが、無理もねえよ、若いんだからな、ゆうべはどこへ泊ってきたかね、などとニヤニヤしながら言うのがいる。みんな家へ帰ると百姓の手伝いをする子供だから、片仮名も書けないけれども、ませていた。

分教場の主任は教師の誰かを下宿させるのが内職の一つで、私の前には本校の長岡という代用教員が泊っていたが、ロシヤ文学の愛好者で、変り者であったが、蛙デンカンという奇妙な持病があって、蛙を見るとテンカンを起す。私のクラスが四年の時はこの先生に教わったのだが、生徒の一人がチョークの箱の中へ蛙を入れておいた。それで先生、教室でヒックリ返って泡を吹いてしまったそうで、あの時はビックリしたよ、と牛乳屋の落第生が言っていた。彼が蛙を入れたのかも知れぬ。お前だろう、入れたのは、と訊いたら、そうでもないよ、とニヤニヤしていた。

この主任は六十ぐらいだが、精力絶倫で、四尺六寸という畸形的な背の低さだが、横にひろがって隆々たる筋骨、鼻髭で隠しているがミツクチであった。非常な癇癪もちで、だから小心なのであろうが、やたらに当りちらす。小使だの生徒には特別あたりちらすが、学務委員だの村の有力者にはお世辞たらたらで、癇癪を起すと授業を一年受持の老人に押しつけて、有力者の家へ茶のみ話に行ってしまう。学校では彼のいない方を喜ぶので、授業を押しつけられても不平を言わなかった。腹が立つと女房をブン殴ったり蹴とばしたり、あげくに家をとびだして、雑木林や竹藪へはいって、木の幹や竹の木を杖でメチャクチャに殴っている。それはまったく気違いであったが、大変な力で、手が痛くないのか、五分間ぐらいも、エイエイエイ、ヤアヤアヤアと気合をかけて夢中になぐっている。

この節の若者は、とか、青二才が、とか口癖であったが、私は当時まったく超然居士で、怒らぬこと、悲しまぬこと、憎まぬこと、喜ばぬこと、つまり行雲流水《こううんりゅうすい》*の如く生きようという心掛であるからビクともしない。尤も私に怒ると転居されて下宿料が上らなくなる怖れがあるから、そういうところは抜目がなくて、私にだけは殆ど当りちらさぬ。先生は全

*行雲流水＝空行く雲や流れる水のように、物事に執着しないで自然の成り行きに任せて行動するたとえ。

部で五人で、一年の山門老人、二年の福原女先生、三年の石毛女先生、この山門老人が又超然居士で六十五だかで、麻布からワラジをはいて歩いて通ってくる。娘には市内で先生をさせ、結婚したがっているのだそうだが、ドッコイ、許されぬ、もう暫くは家計を助けて貰わねばならぬ、毎日もめているから毎日私達にその話をして、イヤハヤ色気づいてウズウズしておりますよ、アッハッハと言っている。子供が十人ちかいから生活が大変で、毎晩一合の酒に人生を托している。主任は酒をのまない。

小学校の先生には道徳観の奇怪な顚倒《てんとう》がある。つまり教育者というものは人の師たるもので人の批難を受けないよう自戒の生活をしているが、世間一般の人間はそうではなく、したい放題の悪行に耽っているときめてしまって、だから俺達だってこれぐらいはよかろうと悪いことをやる。当人は世間の人はもっと悪いことをしている、俺のやるのは大したことではないと思いこんでいるのだが、実は世間の人にはとてもやれないような悪どい事をやるのである。農村にもこの傾向があって、都会の人間は悪い、彼等は常に悪いことをしている、だから俺たちだって少しぐらいはと考えて、実は都会の人よりも悪どいことを行う。この傾向は宗教家にもある。自主的に思い又行うのでなく他を顧て思い又行うことがすでにいけないのだが、他を顧るのが妄想的なので、なおひどい。先生達が人間世界を悪く汚く解釈妄想しすぎているので、私は驚いたものであった。

私が辞令をもらって始めて本校を訪ねたとき、あなたの勤めるのは分校の方だからと、分校の方に住んでいる女の先生が送ってくれた。これが驚くべき美しい人なのである。こんな美しい女の人はそのときまで私は見たことがなかったので、目がさめるという美しさは実在するものだと思った。二十七の独身の人で、生涯独身で暮す考えだということを人づてにきいたが、何かしっかりした信念があるのか、非常に高貴で、慎しみ深く、親切で、女先生にありがちな中性タイプと違い、女らしい人である。私はひそかに非常にあこがれを寄せたものだ。本校と分校と殆ど交渉がないので、それっきり話を交す機会もなかったが、その後数年間、私はこの人の面影を高貴なものにだきしめていた。

村のある金持、もう相当な年配の男だそうだが、女房が死んでその後釜にこの女の先生を貰いたいという。これを分校の主任にたのんだものだ。何百円とか何千円とかの謝礼という約束の由で、そのときのこの主任の東奔西走、授業をうっちゃらかして馳け廻って、なにしろ御本尊の女先生が全然結婚自体に意志がないので無理な話だ。毎日八ツ当りで、その一二ケ月というもの、そわそわしたこの男の粗暴というより狂暴にちかい癇癪は大変だった。

私は行雲流水を志していたから、別段女の先生に愛を告白しようとか、結婚したいなどとは考えず、ただその面影を大切なものに抱きしめていたが、この主任の暗躍をきいたときには、美しい人のまぼろしがこんな汚らしい結婚でつぶされてはと大変不安で、行雲流水の建前にも拘《かかわ》らず、主任をひそかに憎んだりした。

石毛先生は憲兵曹長だかの奥さんで、実に冷めたい中性的な人であったが、福原先生はよいオバサンであった。もう三十五六であったろうが、なりふり構わず生徒のために献身するというたちで、教師というよりは保姆《ほぼ》のような天性の人だ。だから独身でも中性的な悪さはなく、高い理想などはなかったが、善良な人であった。例の高貴な先生の親友で、偶像的な尊敬をよせていることも、私には快かった。多くの女先生は嫉妬していたのである。私が先生をやめたとき、お別れするのは辛いが、先生などに終ってはいけない、本当にょいことです、と云って、喜んでくれて、お別れの酒宴をひらいてうんとこさ御馳走をこしらえてくれた。私は然し先生で終ることのできない自分の野心が悲しいと思っていた。なぜ身を捧げることが出来ないのだろう?

私は放課後、教員室にいつまでも居残っていることが好きであった。生徒がいなくなり、外の先生も帰ったあと、私一人だけジッと物思いに耽っている。音といえば柱時計の音だけである。あの喧噪な校庭に人影も物音もなくなるというのが妙に静寂をきわだててくれ、変に空虚で、自分というものがどこかへ無くなったような放心を感じる。私はそうして放心していると、柱時計の陰などから、ヤアと云って私が首をだすような幻想を感じた。ふと気がつくと、オイ、どうした、私の横に私が立っていて、私に話しかけたような気がするのである。私はその朦朧たる放心の状態が好きで、その代り、私は時々ふとそこに立っている私に話しかけて、どやされることがあった。オイ、満足しすぎちゃいけないぜ、と私を睨むのだ。

「満足はいけないのか」

「ああ、いけないい。苦しまなければならぬ。できるだけ自分を苦しめなければならぬ」

「なんのために？」

「それはただ苦しむこと自身がその解答を示すだろうさ。人間の尊さは自分を苦しめるところにあるのさ。満足は誰でも好むよ。けだものでもね」

本当だろうかと私は思った。私はともかくたしかに満足には淫していた。私はまったく行雲流水にやや近くなって、怒ることも、喜ぶことも、悲しむことも、すくなくなり、二十のくせに、五十六十の諸先生方よりも、私の方が落付と老成と悟りをもっているようだった。私はなべて所有を欲しなかった。魂の限定されることを欲しなかったからだ。私は夏も冬も同じ洋服を着、本は読み終ると人にやり、余分の所有品は着代えのシャツとフンドシだけで、あるとき私を訪ねてきた父兄の口からあの先生は洋服と同じようにフンドシを壁にぶらさげておくという笑い話がひろまり、へえ、そういうことは人の習慣にないことなのか、と私の方がびっくりしたものだ。フンドシを壁にぶら下げておくのは私の整頓の方法で、私には所蔵という精神がなかったので、押入は無用であった。所蔵していたものといえば高貴な女先生の幻で、私がそのころバイブルを読んだのは、この人の面影から聖母マリヤというものを空想したからであった。然し私は、あこがれてはいたが、恋してはいなかった。恋愛という平衡を失った精神はいささかも感じなかったので、せめて同じこの分校で机を並べて仕事ができたらいいになアと、私の欲する最大のことはそれだけであった。この人の面影は今はもう私の胸にはない。顔も思いだすことができず、姓名すら記憶にないのである。

★

私はそのころ太陽というものに生命を感じていた。私はふりそそぐ陽射しの中に無数の光りかがやく泡、エーテル*の波を見ることができたものだ。私は青空と光を眺めるだけで、もう幸福であった。麦畑を渡る風と光の香気の中で、私は至高の歓喜を感じていた。

雨の日は雨の一粒一粒の中にも、嵐の日は狂い叫ぶその音の中にも私はなつかしい命を見つめることができた。樹々の葉にも、鳥にも、虫にも、そしてあの流れる雲にも、私は常に私の心と語り合う親しい命を感じつづけていた。酒を飲まねばならぬ何の理由もなかったので、私は酒を好まなかった。女の先生の幻だけでみたされており、女の肉体も必要ではなかった。夜は疲れて熟睡した。

私と自然との間から次第に距離が失われ、私の感官は自然の感触とその生命によって充たされている。私はそれに直接不安ではなかったが、やっぱり麦畑の丘や原始林の木暗い下を充ちたりて歩いているとき、ふと私に話かける私の姿を木の奥や木の繁みの上や丘の土肌の上に見るのであった。彼等は常に静かであった。言葉も冷静で、やわらかかった。彼等はいつも私にこう話しかける。君、不幸にならなければいけないぜ。うんと不幸に、ね。そして、苦しむのだ。不幸と苦しみが人間の魂のふるさとなのだから、と。

だが私は何事によって苦しむべきか知らなかった。私には肉体の慾望も少なかった。苦しむとは、いったい、何が苦しむのだろう。私は不幸を空想した。貧乏、病気、失恋、野心の挫折、老衰、不知、反目、絶望。私は充ち足りているのだ。不幸を手探りしても、その影すらも捉えることはできない。叱責を怖れる悪童の心のせつなさも、私にとってはなつかしい現実であった。不幸とは何物であろうか。

然し私はふと現れて私に話しかける私の影に次第に圧迫されていた。私は娼家へ行ってみようか。そして最も不潔なひどい病気にでもなってみたらいいのだろうか、と考えてみ

＊エーテル＝光、熱、電波を伝える媒体として仮想的に考えられたもの。のちに否定された。

たりした。

私のクラスに鈴木という女の子がいた。この子の姉は実の父と夫婦の関係を結んでいるという隠れもない話であった。そういう家自体の罪悪の暗さは、この子の性格の上にも陰鬱な影となって落ちており、友達と話をしていることすらめったになく、浮々と遊んでいることなどは全くない。いつも片隅にしょんぼりしており、話しかけるとかすかに笑うだけなのである。この子からは肉体が感じられなかった。

私は不幸ということに就て戸惑いするたびに、この十二の陰鬱な娘の姿を思い出した。

石津という娘と、山田という娘がいた。私はこの二人は生理的にももう女ではないのだろうかと時々疑ったものだが、石津の方は色っぽくて私に話しかける時などは媚びるような色気があったが、そのくせ他の女生徒にくらべると、嫉妬心だの意地の悪さなどは一番すくなく、ただやがて弄ばれるふくよかな肉体だけしかないような気がする。これも余り友達などはない方で、女の子にありがちな、親友と徒党的な垣をつくるようなことが性格的に稀薄なようだ。そのくせ明るくて、いつも笑ってポカンと口をあけて何かを眺めているような顔だった。

山田の方は豆腐屋の子で、然し豆腐屋の実子ではなく、女房の連れ子なのである。その妹と弟は豆腐屋の実子であった。この娘は仮名で名前だけしか書けない一人で、女の子の中で最も腕力が強い。男の子と対等で喧嘩をして、これに勝つ男はすくないので、身体も大きかったが、いつも口をキッと結んで、顔付はむしろ利巧そうに見える。陰性というのとも違う、何か思いつめているようで、明るさがなく、全然友達がない。喋ることに喜びを感じることがないように人と語り合うことがすくなく、それでも沈黙がちに遊戯の中へ加わって極めて野性的にとび廻っている。笑うことなどはなく、面白くもなさそうだが、然し跳ね廻っている姿は他の子供に比べると格段にその描きだす線が大きく荒々しく、まったく野獣のような力がこもっていて、野性がみちていた。そのくせ色気が乏しい。大胆不敵のようだが、実際は、私は他の小さなたわいもない女生徒の方に実はもっと本質的な女自体の不敵さを見出していたもので、嫉妬心だの意地の悪さだの女的なものが少いのである。今は早熟の如くでも、すべてこれらの子供達が大人になったときには、結局この娘の方が最後に女から取り残され、あらゆる同性に敗北するのではないかと私は思った。

この娘の母親がある一夜私を訪ねてきたことがある。この娘の特別の事情、つまり、何人かの妹弟の中でこの娘だけが実子でないために性格がひねくれていることを説明して、父母の方では別に差別はしていないのだから、もっと父に打ちとけるように娘にさとしてくれというのだ。この母親は淫奔な女だという評判で、まったく見るからに淫奔らしい三十そこそこの女であった。いや、ひねくれてはおりません、と私は答えた。ひねくれたように見えるだけです。素直な心と、正しいものをあやまたずに認めてそれを受け入れる立派な素質を持っています。私の説教などは不要です。問題はあなた方の本当の愛情です。私がいちばん心配なのは、あの娘は、人に愛される素質がすくない。女として愛される素質がすくない。ひねくれのせいではないのです。あの娘は人に愛されたことがないのではありませんか。先ず親に、あなた方に愛されたことがないのではありませんか。私に説教してくれなんて、とんでもないお門違いですよ。あなたが、あなたの胸にきいてごらんなさい。

この母親はちっとも表情を表わさずに、私の言葉をとりとめのない漠然たる顔付できいていた。これも仮名で名前しか書けない一人だろうと私は思った。ただ、子供とはあべこべに、徹頭徹尾色っぽく、肉慾的だ。最も女であった。その淫奔な動物性が、娘の野性と共通しているだけだった。娘は大柄であるのに、母親はひどく小柄であった。顔はどちらも美人の部類である。二三分だまっていたが、やがてひどく馴れ馴れしく世間話をして帰って行った。

鈴木と並べて石津と山田を私は思いだす習慣になっていた。この三人の未来には不幸のみが待ち構えているように思われてならない。私は不幸というものを、私自身に就てでなしに、生徒の影の上から先ず見凝《みつ》めはじめていたのだ。その不幸とは愛されないということとだ。尊重されないということだ。石津の場合はただオモチャにされ、私はやがて娼婦となって暮している喜怒哀楽の稀薄な、たわいもない肉塊を想像した。私は実際の娼家も娼婦も知らなかったが、まったく小説などから得たものの中で現実を組み立てていたのである。然し私の予感は今でも当っていたように考えている。

石津は貧しい家の娘で、その身体にはいっぱい虱がたかっていた。外の子供がそう云って冷やかす。キリリと怒るような顔になるが、やがて又たわいもない笑い顔になってしまう。善良というよりも愚かという魂が感じられる。読み書きはともかく出来て、中くらいの成績なのだが、人生の行路では、仮名も知らない女よりも処世に疎《うと》くて、要するに本当の生長がないような愚な魂がのぞけて見えるのだ。そのくせ、ひどく色っぽい。ただ、それだけだ。

私は先生をやめるとき、この娘を女中に譲り受けて連れて行こうかと思った。そうして、やがて自然の結果が二人の肉体を結びつけたら、結婚してもいいと思った。まったくこれは奇妙な妄想であった。私は今でも白痴的な女に妙に惹かれるのだが、これがその現実に於ける首《はじ》まりで、私は恋情とか、胸の火だとか、そういうものは自覚せず、極めて冷静に、一人の少女とやがて結婚してもいいと考え耽っていたのである。

私は高貴な女先生の顔はもうその輪郭すらも全く忘れて思い描くよしもないが、この三人の少女の顔は今も生々しく記憶している。石津はオモチャにされ、踏みつけられ、虐《しいた》げられても、いつもたわいもなく楽天的なような気がするのだが、むろん現実ではそんな筈はない。虱たかりと云われて、やっぱり一瞬はキリリとまなじりを決するので、踏みしだかれて、路上の馬糞のように喘いでいる姿も思う。私の予感は当っていて、その後娼家の娼婦に接してみると、こんな風なたわいもない楽天家に屡々《しばしば》めぐりあったものである。

★

私は近頃、誰しも人は少年から大人になる一期間、大人よりも老成する時があるのではないかと考えるようになった。

近頃私のところへ時々訪ねてくる二人の青年がいる。二十二だ。彼等は昔は右翼団体に属していたこちこちの国粋主義者だが、今は人間の本当の生き方ということを考えているようである。この青年達は私の「堕落論」とか「淪落論《りんらく》」がなんとなく本当の言葉であるように感じているらしいが、その激しさについていてこれないのである。彼等は何よりも節度を尊んでいる。

やっぱり戦争から帰ってきたばかりの若い詩人と特攻くずれの編輯者がいる。彼等は私の家へ二三日泊り、ガチャガチャ食事をつくってくれたり、そういう彼等には全く戦陣の影がある。まったく野戦の状態で、野放しにされた荒々しい野性が横溢しているのである。然し彼等の魂にはやはり驚くべき節度があって、つまり彼等はみんな高貴な女先生の面影を胸にだきしめているのだ。この連中も二十二だ。彼等には未だ本当の肉体の生活が始まっていない。彼等の精神が肉体自体に苦しめられる年齢の発育までできていないのだろう。この時期の青年は、四十五十の大人よりも、むしろ老成している。彼等の節度は自然のもので、大人達の節度のように強いて歪められ、つくりあげられたものではない。あらゆる人間がある期間はカンジダ*なのだと私は思う。それから堕ちるのだ。ところが、肉体の堕ちると共に、魂の純潔まで多くは失うのではないか。

私は後年ボルテールのカンジダ**を読んで苦笑したものだが、私が先生をしているとき、不幸と苦しみの漠然たる志向に追われ、その実私には不幸や苦しみを空想的にしか捉えることができない。そのとき私は自分に不幸を与える方法として、娼家へ行くこと、そして最も厭な最も汚らしい病気になっては、と考えたものだ。この思いつきは妙に根強く私の頭に絡《から》みついていたものである。別に深い意味はない。外に不幸とはどんなものか想像することができなかったせいだろう。

＊カンジダ＝カンディード、フランス語。純真な青年。＊＊ボルテールのカンジダ＝ヴォルテール（一六九四—一七七八、啓蒙思想家）の代表作。一七五九年に発表された純な心を持つカンジダの物語。

私は教員をしている間、なべて勤める人の処世上の苦痛、つまり上役との衝突とか、いじめられるとか、党派的な摩擦とか、そういうものに苦しめられる機会がなかった。先生の数が五人しかない。党派も有りようがない。それに分教場のことで、主任といっても校長とは違うから、そう責任は感じておらず、第一非常に無責任な、教育事業などに何の情熱もない男だ。自分自身が教室をほったらかして、有力者の縁談などで東奔西走しているから、教育という仕事に就ては誰に向っても一言半句も言うことができないので、私は音楽とソロバンができないから、そういうものをぬきにして勝手な時間表をつくっても文句はいわず、ただ稀れに、有力者の子供を大事にしてくれということだけ、ほのめかした。然し私はそういうことにこだわる必要はなかったので、私は子供をみんな可愛がっていたから、それ以上どうする必要も感じていなかった。

特に主任が私に言ったのは荻原という地主の子供で、この地主は学務委員であった。この子は然し本来よい子供で、時々いたずらをして私に怒られたが、怒られる理由をよく知っているので、私に怒られて許されると却って安心するのであった。あるとき、この子供が、先生は僕ばかり叱る、といって泣きだした。そうじゃない。本当は私に甘えている我がままなのだ。へえ、そうかい。俺はお前だけ特別叱るかい。そう云って私が笑いだしたら、すぐ泣きやんで自分も笑いだした。私と子供とのこういうつながりは、主任には分らなかった。

子供は大人と同じように、ずるい。牛乳屋の落第生なども、とてもずるいにはずるいけれども、同時に人のために甘んじて犠牲になるような正しい勇気も一緒に住んでいるので、つまり大人と違うのは、正しい勇気の分量が多いという点だけだ。ずるさは仕方がない。ずるさが悪徳ではないので、同時に存している正しい勇気を失うことがいけないのだと私は思った。

ある放課後、生徒も帰り、先生も帰り、私一人で職員室に朦朧としていると、外から窓のガラスをコツコツ叩く者がある。見ると、主任だ。

主任は帰る道に有力者の家へ寄った。すると子供が泣いて帰ってきて、先生に叱られたという。お父さんが学務委員などをして威張っているから、先生が俺を憎むのだ。お父さんの馬鹿野郎、と云って、大変な暴れ方で手がつけられない。いったい、どうして、叱ったのだ、と言うのである。

あいにく私はその日はその子供を叱ってはいないのである。然し子供のやることには必ず裏側に悲しい意味があるので、決して表面の事柄だけで判断してはいけないものだ。そうですか。大したことではないけれど、叱らねばならないことがあったから叱っただけです、じゃ、君、と、主任はいやらしい笑い方をして、君、ちょっと、出掛けて行って釈明してくれ給え。長い物にはまかれろというから、仕方がないさ、ヘッヘ、という。主任はヘッヘという笑い方を屢々つけたす男であった。

「僕は行く必要がないです。先生はお帰りの道順でしょうから、子供に、子供にだけです、ここへ来るように言っていただけませんか」

「そうかい。然し、君、あんまり子供を叱っちゃ、いけないよ」

「ええ、まア、僕の子供のことは僕にまかせておいて下さい」

「そうかい。然し、お手やわらかに頼むよ、有力者の子供は特別にね」

と、その日の主任は虫の居どころのせいか、案外アッサリぴょこぴょこ歩いて行った。

私は今まで忘れていたが、彼はほんの少しだがビッコで、ちょっと尻を横っちょへ突きだすようにぴょこぴょこ歩くのである。だが、その足はひどく速い。

まもなく子供はてれて笑いながらやってきて、先生と窓の外からよんで、隠れている。

私はよく叱るけれども、この子供が大好きなのである。その親愛はこの子供には良く通じていた。

「どうして親父をこまらしたんだ」

「だって、癪だもの」

「本当のことを教えろよ。学校から帰る道に、なにか、やったんだろう」

子供の胸にひめられている苦悩懊悩は、大人と同様に、むしろそれよりもひたむきに、深刻なのである。その原因が幼稚であるといって、苦悩自体の深さを原因の幼稚さで片づけてはいけない。そういう自責や苦悩の深さは七ツの子供も四十の男も変りのあるものではない。

彼は泣きだした。彼は学校の隣の文房具屋で店先の鉛筆を盗んだのである。牛乳屋の落第生におどかされて、たぶん何か、おどかされる弱い尻尾があったのだろう、そういうことは立入ってきいてやらない方がいいようだ、ともかく仕方なしに盗んだのである。お前の名前など言わずに鉛筆の代金は払っておいてやるから心配するなと云うと、喜んで帰って行った。その数日後、誰もいないのを見すましてソッと教員室へやってきて、二三十銭の金をとりだして、先生、払ってくれた？　とききにきた。

牛乳屋の落第生は悪いことがバレて叱られそうな気配が近づいているのを察しると、ひどくマメマメしく働きだすのである。掃除当番などを自分で引受けて、ガラスなどまでセッセと拭いたり、先生、便所がいっぱいだからくんでやろうか、そんなことできるのか、俺は働くことはなんでもできるよ、そうか、汲んだものをどこへ持ってくのだ、裏の川へ流しちゃうよ、無茶言うな、ザッとこういうあんばいなのである。その時もマメマメしくやりだしたので、私はおかしくて仕方がない。

私が彼の方へ歩いて行くと、彼はにわかに後じさりして、

「先生、叱っちゃ、いや」

彼は真剣に耳を押えて目をとじてしまった。

「ああ、叱らない」

「かんべんしてくれる」

「かんべんしてやる。これからは人をそそのかして物を盗ませたりしちゃいけないよ。どうしても悪いことをせずにいられなかったら、人を使わずに、自分一人でやれ。善いことも悪いことも自分一人でやるんだ」

彼はいつもウンウンと云って、きいているのである。

こういう職業は、もし、たとえば少年達へのお説教というものを、自分自身の生き方として考えるなら、とても空虚で、つづけられるものではない。そのころは、然し私は自信をもっていたものだ。今はとてもこんな風に子供にお説教などはできない。あの頃の私はまったく自然というものの感触に溺れ、太陽の讃歌のようなものが常に魂から唄われ流れでていた。私は臆面もなく老成しきって、そういう老成の実際の空虚というものを、さとらずにいた。さとらずに、いられたのである。

私が教員をやめるときは、ずいぶん迷った。なぜ、やめなければならないのか。私は仏

教を勉強して、坊主になろうと思ったのだが、それは「さとり」というものへのあこがれ、その求道のための厳しさに対する郷愁めくものへのあこがれであった。教員という生活に同じものが生かされぬ筈はない。私はそう思ったので、さとりへのあこがれなどというけれども、所詮名誉慾というものがあってのことで、私はそういう自分の卑しさを嘆いたものであった。私は一向希望に燃えていなかった。私のあこがれは「世を捨てる」という形態の上にあったので、そして内心は世を捨てることが不安であり、正しい希望を抛棄している自覚と不安、悔恨と絶望をすでに感じつづけていたのである。まだ足りない。何もかも、すべてを捨てよう。そうしたら、どうにかなるのではないか。私は気違いじみたヤケクソの気持で、捨てる、捨てる、捨てる、何でも構わず、ただひたすらに捨てることを急ごうとしている自分を見つめていた。自殺が生きたい手段の一つであると同様に、捨てるというヤケクソの志向が実は青春の跫音《あしおと》のひとつにすぎないことを、やっぱり感じつづけていた。私は少年時代から小説家になりたかったのだ。だがその才能がないと思いこんでいたので、そういう正しい希望へのてんからの諦めが、底に働いていたこともあったろう。

教員時代の変に充ち足りた一年間というものは、私の歴史の中で、私自身でないような、思いだすたびに嘘のような変に白々しい気持がするのである。

（『文芸』一九四七年一月号）

桜の森の満開の下

桜の花が咲くと人々は酒をぶらさげたり団子《だんご》をたべて花の下を歩いて絶景だの春ランマンだのと浮かれて陽気になりますが、これは嘘です。なぜ嘘かと申しますと、桜の花の下へ人がより集って酔っ払ってゲロを吐いて喧嘩して、これは江戸時代からの話で、大昔は桜の花の下は怖しいと思っても、絶景だなどとは誰も思いませんでした。近頃は桜の花の下といえば人間がより集って酒をのんで喧嘩していますから陽気でにぎやかだと思いこんでいますが、桜の花の下から人間を取り去ると怖ろしい景色になりますので、能にも、さる母親が愛児を人さらいにさらわれて子供を探して発狂して桜の花の満開の林の下へ来かかり見渡す花びらの陰に子供の幻を描いて狂い死して花びらに埋まってしまう（このところ小生の蛇足）という話もあり、桜の林の花の下に人の姿がなければ怖しいばかりです。

昔、鈴鹿峠にも旅人が桜の森の花の下を通らなければならないような道になっていました。花の咲かない頃はよろしいのですが、花の季節になると、旅人はみんな森の花の下で気が変になりました。できるだけ早く花の下から逃げようと思って、青い木や枯れ木のある方へ一目散に走りだしたものです。一人だとまだよいので、なぜかというと、花の下を一目散に逃げて、あたりまえの木の下へくるとホッとしてヤレヤレと思って、すむからですが、二人連は都合が悪い。なぜなら人間の足の早さは各人各様で、一人が遅れますから、オイ待ってくれ、後から必死に叫んでも、みんな気違いで、友達をすてて走ります。それで鈴鹿峠の桜の森の花の下を通過したとたんに今迄仲のよかった旅人が仲が悪くなり、相手の友情を信用しなくなります。そんなことから旅人も自然に桜の森の下を通らないで、わざわざ遠まわりの別の山道を歩くようになり、やがて桜の森は街道を外《はず》れて人の子一人通らない山の静寂へとり残されてしまいました。

そうなって何年かあとに、この山に一人の山賊が住みはじめましたが、この山賊はずいぶんむごたらしい男で、街道へでて情容赦なく着物をはぎ人の命も断ちましたが、こんな男でも桜の森の花の下へくるとやっぱり怖しくなって気が変になりました。そこで山賊はそれ以来花がきらいで、花というものは怖しいものだな、なんだか厭なものだ、そういう風に腹の中では呟いていました。花の下では風がないのにゴウゴウ風が鳴っているような気がしました。そのくせ風がちっともなく、一つも物音がありません。自分の姿と跫音《あしおと》ばかりで、それがひっそり冷めたいそして動かない風の中につつまれていました。花びらがぽそぽそ散るように魂が散っていのちがだんだん衰えて行くように思われます。それで目をつぶって何か叫んで逃げたくなりますが、目をつぶると桜の木にぶつかるので目をつぶるわけにも行きませんから、一そう気違いになるのでした。

けれども山賊は落付いた男で、後悔ということを知らない男ですから、これはおかしいと考えたのです。ひとつ、来年、考えてやろう。そう思いました。今年は考える気がしなかったのです。そして、来年、花がさいたら、そのときじっくり考えようと思いました。毎年そう考えて、もう十何年もたち、今年も亦《また》、来年になったら考えてやろうと思って、又、年が暮れてしまいました。

そう考えているうちに、始めは一人だった女房がもう七人にもなり、八人目の女房を又街道から女の亭主の着物と一緒にさらってきました。女の亭主は殺してきました。

山賊は女の亭主を殺す時から、どうも変だと思っていました。いつもと勝手が違うのです。どこということは分らぬけれども、変てこで、けれども彼の心は物にこだわることに慣れませんので、そのときも格別深く心にとめませんでした。

山賊は始めは男を殺す気はなかったので、身ぐるみ脱がせて、いつもするようにとっとと失せろと蹴とばしてやるつもりでしたが、女が美しすぎたので、ふと、男を斬りすてていました。彼自身に思いがけない出来事であったばかりでなく、女にとっても思いがけない出来事だったしるしに、山賊がふりむくと女は腰をぬかして彼の顔をぼんやり見つめました。今日からお前は俺の女房だと言うと、女はうなずきました。手をとって女を引き起すと、女は歩けないからオブっておくれと言います。山賊は承知承知と女を軽々と背負って歩きましたが、険しい登り坂へきて、ここは危いから降りて歩いて貰おうと言っても、女はしがみついて厭々、厭ヨ、と言って降りません。

「お前のような山男が苦しがるほどの坂道をどうして私が歩けるものか、考えてごらんよ」

「そうか、そうか、よしよし」と男は疲れて苦しくても好機嫌でした。「でも、一度だけ降りておくれ。私は強いのだから、苦しくて、一休みしたいというわけじゃないぜ。眼の玉が頭の後側にあるというわけのものじゃないから、さっきからお前さんをオブっていてもなんとなくもどかしくて仕方がないのだよ。一度だけ下へ降りてかわいい顔を拝ましてもらいたいものだ」

「厭よ、厭よ」と、又、女はやけに首っ玉にしがみつきました。「私はこんな淋しいところに一っときもジッとしていられないヨ。お前のうちのあるところまで一っときも休まず急いでおくれ。さもないと、私はお前の女房になってやらないよ。私にこんな淋しい思いをさせるなら、私は舌を噛んで死んでしまうから」

「よしよし。分った。お前のたのみはなんでもきいてやろう」

山賊はこの美しい女房を相手に未来のたのしみを考えて、とけるような幸福を感じました。彼は威張りかえって肩を張って、前の山、後の山、右の山、左の山、ぐるりと一廻転して女に見せて、

「これだけの山という山がみんな俺のものなんだぜ」

と言いましたが、女はそんなことにはてんで取りあいません。彼は意外に又残念で、

「いいかい。お前の目に見える山という山、木という木、谷という谷、その谷からわく雲まで、みんな俺のものなんだぜ」

「早く歩いておくれ。私はこんな岩コブだらけの崖の下にいたくないのだから」

「よし、よし。今にうちにつくと飛びきりの御馳走をこしらえてやるよ」

「お前はもっと急げないのかえ。走っておくれ」

「なかなかこの坂道は俺が一人でもそうは駈けられない難所だよ」

「お前も見かけによらない意気地なしだねえ。私としたことが、とんだ甲斐性《かいしょ》なしの女房になってしまった。ああ、ああ。これから何をたよりに暮したらいいのだろう」

「なにを馬鹿な。これぐらいの坂道が」

「アア、もどかしいねえ。お前はもう疲れたのかえ」

「馬鹿なことを。この坂道をつきぬけると、鹿もかなわぬように走ってみせるから」

「でもお前の息は苦しそうだよ。顔色が青いじゃないか」

「なんでも物事の始めのうちはそういうものさ。今に勢いのはずみがつけば、お前が背中で目を廻すぐらい速く走るよ」

けれども山賊は身体が節々からバラバラに分かれてしまったように疲れていました。そしてわが家の前へ辿《たど》りついたときには目もくらみ耳もなり嗄《しわが》れ声のひときれをふりしぼる力もありません。家の中から七人の女房が迎えに出てきましたが、山賊は石のようにこわばった身体をほぐして背中の女を下すだけで勢一杯でした。

七人の女房は今迄に見かけたこともない女の美しさに打たれましたが、女は七人の女房の汚さに驚きました。七人の女房の中には昔はかなり綺麗な女もいたのですが今は見る影もありません。女は薄気味悪がって男の背へしりぞいて、

「この山女は何なのよ」

「これは俺の昔の女房なんだよ」

と男は困って「昔の」という文句を考えついて加えたのはとっさの返事にしては良く出来ていましたが、女は容赦がありません。

「まア、これがお前の女房かえ」

「それは、お前、俺はお前のような可愛いい女がいようとは知らなかったのだからね」

「あの女を斬り殺しておくれ」

女はいちばん顔形のととのった一人を指して叫びました。

「だって、お前、殺さなくっとも、女中だと思えばいいじゃないか」

「お前は私の亭主を殺したくせに、自分の女房が殺せないのかえ。お前はそれでも私を女房にするつもりなのかえ」

男の結ばれた口から呻きがもれました。男はとびあがるように一躍りして指された女を斬り倒していました。然し、息つくひまもありません。

「この女よ。今度は、それ、この女よ」

男はためらいましたが、すぐズカズカ歩いて行って、女の頸《くび》へザクリとダンビラ*を斬りこみました。首がまだコロコロととまらぬうちに、女のふっくらツヤのある透きとおる声は次の女を指して美しく響いていました。

「この女よ。今度は」

指さされた女は両手に顔をかくしてキャーという叫び声をはりあげました。その叫びにふりかぶって、ダンビラは宙を閃いて走りました。残る女たちは俄《にわか》に一時に立上って四方

*ダンビラ＝身の幅が広い刀。

に散りました。

「一人でも逃したら承知しないよ。藪の陰にも一人いるよ。上手へ一人逃げて行くよ」

男は血刀をふりあげて山の林を駈け狂いました。たった一人逃げおくれて腰をぬかした女がいました。それはいちばん醜くて、ビッコの女でしたが、男が逃げた女を一人あまさず斬りすてて戻ってきて、無造作にダンビラをふりあげますと、

「いいのよ。この女だけは。これは私が女中に使うから」

「ついでだから、やってしまうよ」

「バカだね。私が殺さないでおくれと言うのだよ」

「アア、そうか。ほんとだ」

男は血刀を投げすてて尻もちをつきました。疲れがどッとこみあげて目がくらみ、土から生えた尻のように重みが分ってきました。ふと静寂に気がつきました。とびたつような怖ろしさがこみあげ、ぎょッとして振向くと、女はそこにいくらかやる瀬ない風情でたたずんでいます。男は悪夢からさめたような気がしました。そして、目も魂も自然に女の美しさに吸いよせられて動かなくなってしまいました。けれども男は不安でした。どういう不安だか、なぜ、不安だか、何が、不安だか、彼には分らぬのです。女が美しすぎて、彼の魂がそれに吸いよせられていたので、胸の不安の波立ちをさして気にせずにいられただ

けです。

なんだか、似ているようだな、と彼は思いました。似たことが、いつか、あった、それは、と彼は考えました。アア、そうだ、あれだ。気がつくと彼はびっくりしました。

桜の森の満開の下です。あの下を通る時に似ていました。どこが、何が、どんな風に似ているのだか分りません。けれども、何か、似ていることは、たしかでした。彼にはいつもそれぐらいのことしか分らず、それから先は分らなくても気にならぬたちの男でした。

山の長い冬が終り、山のてっぺんの方や谷のくぼみに樹の陰に雪はポツポツ残っていましたが、やがて花の季節が訪れようとして春のきざしが空いちめんにかがやいていました。

今年、桜の花が咲いたら、と、彼は考えました。花の下にさしかかる時はまだそれほどではありません。それで思いきって花の下へ歩きこみます。だんだん歩くうちに気が変になり、前も後も右も左も、どっちを見ても上にかぶさる花ばかり、森のまんなかに近づくと怖しさに盲滅法たまらなくなるのでした。今年はひとつ、あの花ざかりの林のまんなかで、ジッと動かずに、いや、思いきって地べたに坐ってやろう、と彼は考えました。そのとき、この女もつれて行こうか、彼はふと考えて、女の顔をチラと見ると、胸さわぎがして慌てて目をそらしました。自分の肚《はら》が女に知れては大変だという気持が、なぜだか胸に焼け残りました。

★

女は大変なわがまま者でした。どんなに心をこめた御馳走をこしらえてやっても、必ず不服を言いました。彼は小鳥や鹿をとりに山を走りました。猪も熊もとりました。ビッコの女は木の芽や草の根をさがしてひねもす林間をさまよいました。然し女は満足を示したことはありません。

「毎日こんなものを私に食えというのかえ」

「だって、飛び切りの御馳走なんだぜ。お前がここへくるまでは、十日に一度ぐらいしかこれだけのものは食わなかったものだ」

「お前は山男だからそれでいいのだろうさ。私の喉は通らないよ。こんな淋しい山奥で、夜の夜長にきくものと云えば梟の声ばかり、せめて食べる物でも都に劣らぬおいしい物が食べられないものかねえ。都の風がどんなものか。その都の風をせきとめられた私の思いのせつなさがどんなものか、お前には察しることも出来ないのだね。お前は私から都の風をもぎとって、その代りにお前の呉《く》れた物といえば鴉や梟の鳴く声ばかり。お前はそれを羞《は》かしいとも、むごたらしいとも思わないのだよ」

女の怨じる言葉の道理が男には呑みこめなかったのです。なぜなら男は都の風がどんなものだか知りません。見当もつかないのです。この生活、この幸福に足りないものがあるという事実に就《つい》て思い当るものがない。彼はただ女の怨じる風情の切なさに当惑し、それをどのように処置してよいか目当に就て何の事実も知らないので、もどかしさに苦しみました。

今迄には都からの旅人を何人殺したか知れません。都からの旅人は金持で所持品も豪華ですから、都は彼のよい鴨で、せっかく所持品を奪ってみても中身がつまらなかったりするとチェッこの田舎者め、とか土百姓めとか罵ったもので、つまり彼は都に就てはそれだけが知識の全部で、豪華な所持品をもつ人達のいるところであり、彼はそれをまきあげるという考え以外に余念はありませんでした。都の空がどっちの方角だということすらも、考えてみる必要がなかったのです。

女は櫛だの笄《こうがい》だの簪《かんざし》だの紅だのを大事にしました。彼が泥の手や山の獣の血にぬれた手でかすかに着物にふれただけでも女は彼を叱りました。まるで着物が女のいのちであるように、そしてそれをまもることが自分のつとめであるように、身の廻りを清潔にさせ、家の手入れを命じます。その着物は一枚の小袖と細紐だけでは事足りず、何枚かの着物といくつもの紐と、そしてその紐は妙な形にむすばれ不必要に垂れ流されて、色々の飾り物をつけたすことによって一つの姿が完成されて行くのでした。男は目を見はりました。そして嘆声をもらしました。彼は納得させられたのです。かくして一つの美が成りたち、その美に彼が満たされている、それは疑る余地がない、個としては意味をもたない不完全かつ不可解な断片が集まることによって一つの物を完成する、その物を分解すれば無意味なる断片に帰する、それを彼は彼らしく一つの妙なる魔術として納得させられたのでした。

男は山の木を切りだして女の命じるものを作ります。何物が、そして何用につくられるのか、彼自身それを作りつつあるうちは知ることが出来ないのでした。それは胡床《こしょう》と肱掛でした。胡床はつまり椅子です。お天気の日、女はこれを外へ出させて、日向《ひなた》に、又、木陰に、腰かけて目をつぶります。部屋の中では肱掛にもたれて物思いにふけるような、そしてそれは、それを見る男の目にはすべてが異様な、なまめかしく、なやましい姿に外ならぬのでした。魔術は現実に行われており、彼自らがその魔術の助手でありながら、その行われる魔術の結果に常に訝りそして嘆賞するのでした。

ビッコの女は朝毎に女の長い黒髪をくしけずります。そのために用いる水を、男は谷川の特に遠い清水からくみとり、そして特別そのように注意を払う自分の労苦をなつかしみました。自分自身が魔術の一つの力になりたいということが男の願いになっていました。そして彼自身くしけずられる黒髪にわが手を加えてみたいものだと思います。いやよ、そんな手は、と女は男を払いのけて叱ります。男は子供のように手をひっこめて、てれながら、黒髪にツヤが立ち、結ばれ、そして顔があらわれ、一つの美が描かれ生まれてくることを見果てぬ夢に思うのでした。

「こんなものがなア」

彼は模様のある櫛や飾のある笄をいじり廻しました。それは彼が今迄は意味も値打もみとめることのできなかったものでしたが、今も尚、物と物との調和や関係、飾りという意味の批判はありません。けれども魔力が分ります。魔力は物のいのちでした。物の中にもいのちがあります。

「お前がいじってはいけないよ。なぜ毎日きまったように手をだすのだろうね」

「不思議なものだなア」

「何が不思議なのさ」

「何がってこともないけどさ」

と男はてれました。彼には驚きがありましたが、その対象は分らぬのです。

そして男に都を怖れる心が生れていました。その怖れは恐怖ではなく、知らないということに対する羞恥と不安で、物知りが未知の事柄にいだく不安と羞恥に似ていました。女が「都」というたびに彼の心は怯え戦《おのの》きました。けれども彼は目に見える何物も怖れたことがなかったので、怖れの心になじみがなく、羞じる心にも馴れていません。そして彼は都に対して敵意だけをもちました。

何百何千の都からの旅人を襲ったが手に立つ者がなかったのだから、と彼は満足して考えました。どんな過去を思いだしても、裏切られ傷《きずつ》けられる不安がありません。それに気附くと、彼は常に愉快で又誇りやかでした。彼は女の美に対して自分の強さを対比しました。そして強さの自覚の上で多少の苦手と見られるものは猪だけでした。その猪も実際はさして怖るべき敵でもないので、彼はゆとりがありました。

「都には牙のある人間がいるかい」

「弓をもったサムライがいるよ」

「ハッハッハ。弓なら俺は谷の向うの雀の子でも落すのだからな。都には刀が折れてしまうような皮の堅い人間はいないだろう」

「鎧《よろい》をきたサムライがいるよ」

「鎧は刀が折れるのか」

「折れるよ」

「俺は熊も猪も組み伏せてしまうのだからな」

「お前が本当に強い男なら、私を都へ連れて行っておくれ。お前の力で、私の欲しい物、都の粋を私の身の廻りへ飾っておくれ。そして私にシンから楽しい思いを授けてくれることができるなら、お前は本当に強い男なのさ」

「わけのないことだ」

男は都へ行くことに心をきめました。彼は都にありとある櫛や笄や簪や着物や鏡や紅を三日三晩とたたないうちに女の廻りへ積みあげてみせるつもりでした。何の気がかりもありません。一つだけ気にかかることは、まったく都に関係のない別なことでした。

それは桜の森でした。

二日か三日の後に森の満開が訪れようとしていました。今年こそ、彼は決意していました。桜の森の花ざかりのまんなかで、身動きもせずジッと坐っていてみせる。彼は毎日ひそかに桜の森へでかけて蕾のふくらみをはかっていました。あと三日、彼は出発を急ぐ女に言いました。

「お前に支度の面倒があるものかね」と女は眉をよせました。「じらさないでおくれ。都が私をよんでいるのだよ」

「それでも約束があるからね」

「お前がかえ。この山奥に約束した誰がいるのさ」

「それは誰もいないけれども、ね。けれども、約束があるのだよ」

「それはマア珍しいことがあるものだねえ。誰もいなくって誰と約束するのだえ」

男は嘘がつけなくなりました。

「桜の花が咲くのだよ」

「桜の花と約束したのかえ」

「桜の花が咲くから、それを見てから出掛けなければならないのだよ」

「どういうわけで」

「桜の森の下へ行ってみなければならないからだよ」

「だから、なぜ行って見なければならないのよ」

「花が咲くからだよ」

「花が咲くから、なぜさ」

「花の下は冷めたい風がはりつめているからだよ」

「花の下にかえ」

「花の下は涯《はて》がないからだよ」

「花の下がかえ」

男は分らなくなってクシャクシャしました。

「私も花の下へ連れて行っておくれ」

「それは、だめだ」

男はキッパリ言いました。

「一人でなくちゃ、だめなんだ」

　女は苦笑しました。

　男は苦笑というものを始めて見ました。そんな意地の悪い笑いを彼は今まで知らなかったのでした。そしてそれを彼は「意地の悪い」という風には判断せずに、刀で斬っても斬れないように、と判断しました。その証拠には、苦笑は彼の頭にハンを捺《お》したように刻みつけられてしまったからです。それは刀の刃のように思いだすたびにチクチク頭をきりました。そして彼がそれを斬ることはできないのでした。

　三日目がきました。

　彼はひそかに出かけました。桜の森は満開でした。一足ふみこむとき、彼は女の苦笑を思いだしました。それは今までに覚えのない鋭さで頭を斬りました。それだけでもう彼は混乱していました。花の下の冷めたさは涯のない四方からドッと押し寄せてきました。彼の身体は忽《たちま》ちその風に吹きさらされて透明になり、四方の風はゴウゴウと吹き通り、すでに風だけがはりつめているのでした。彼の声のみが叫びました。彼は走りました。何という虚空《こくう》でしょう。彼は泣き、祈り、もがき、ただ逃げ去ろうとしていました。そして、花の下をぬけだしたことが分ったとき、夢の中から我にかえった同じ気持を見出しました。夢と違っていることは、本当に息も絶え絶えになっている身の苦しさでありました。

★

男と女とビッコの女は都に住みはじめました。

男は夜毎に女の命じる邸宅へ忍び入りました。着物や宝石や装身具も持ちだしましたが、それのみが女の心を充たす物ではありませんでした。女の何より欲しがるものは、その家に住む人の首でした。

彼等の家にはすでに何十の邸宅の首が集められていました。部屋の四方の衝立に仕切られて首は並べられ、ある首はつるされ、男には首の数が多すぎてどれがどれやら分らなくとも、女は一々覚えており、すでに毛がぬけ、肉がくさり、白骨になっても、どこのたれということを覚えていました。男やビッコの女が首の場所を変えると怒り、ここはどこの家族、ここは誰の家族とやかましく言いました。

女は毎日首遊びをしました。首は家来をつれて散歩にでます。首の家族へ別の首の家族が遊びに来ます。首が恋をします。女の首が男の首をふり、又、男の首が女の首をすてて女の首を泣かせることもありました。

姫君の首は大納言の首にだまされました。大納言の首は月のない夜、姫君の首の恋する人の首のふりをして忍んで行って契《ちぎ》りを結びます。契りの後に姫君の首が気がつきます。

姫君の首は大納言の首を憎むことができず我が身のさだめの悲しさに泣いて、尼になるのでした。すると大納言の首は尼寺へ行って、尼になった姫君の首を犯します。姫君の首は死のうとしますが大納言のささやきに負けて尼寺を逃げて山科の里へかくれて大納言の首のかこい者となって髪の毛を生やします。姫君の首も大納言の首ももはや毛がぬけ肉がくさりウジ虫がわき骨がのぞけていました。二人の首は酒もりをして恋にたわぶれ、歯の骨と歯の骨と噛み合ってカチカチ鳴り、くさった肉がペチャペチャくっつき合い鼻もつぶれ目の玉もくりぬけていました。

ペチャペチャとくッつき二人の顔の形がくずれるたびに女は大喜びで、けたたましく笑いさざめきました。

「ほれ、ホッペタを食べてやりなさい。ああおいしい。姫君の喉もたべてやりましょう。ハイ、目の玉もかじりましょう。すすってやりましょうね。ハイ、ペロペロ。アラ、おいしいね。もう、たまらないのよ、ねえ、ほら、ウンとかじりついてやれ」

女はカラカラ笑います。綺麗《きれい》な澄んだ笑い声です。薄い陶器が鳴るような爽やかな声でした。

坊主の首もありました。坊主の首は女に憎がられていました。いつも悪い役をふられ、憎まれて、嬲《なぶ》り殺しにされたり、役人に処刑されたりしました。坊主の首は首になって後に却《かえ》って毛が生え、やがてその毛もぬけてくさりはて、白骨になりました。白骨になると、女は別の坊主の首を持ってくるように命じました。新しい坊主の首はまだうら若い水々しい稚子《ちご》の美しさが残っていました。女はよろこんで机にのせ酒をふくませ頬ずりして舐めたりくすぐったりしましたが、じきあきました。

「もっと太った憎たらしい首よ」

女は命じました。男は面倒になって五ツほどブラさげて来ました。ヨボヨボの老僧の首も、眉の太い頬っぺたの厚い、蛙がしがみついているような鼻の形の顔もありました。耳のとがった馬のような坊主の首も、ひどく神妙な首の坊主もあります。けれども女の気に入ったのは一つでした。それは五十ぐらいの大坊主の首で、ブ男で目尻がたれ、頬がたるみ、唇が厚くて、その重さで口があいているようなだらしのない首でした。女はたれた目尻の両端を両手の指の先で押えて、クリクリと吊りあげて廻したり、獅子鼻の孔へ二本の棒をさしこんだり、逆さに立ててころがしたり、だきしめて自分のお乳を厚い唇の間へ押しこんでシャブらせたりして大笑いしました。けれどもじきにあきました。

美しい娘の首がありました。清らかな静かな高貴な首でした。子供っぽくて、そのくせ死んだ顔ですから妙に大人びた憂いがあり、閉じられたマブタの奥に楽しい思いも悲しい思いもマセた思いも一度にゴッちゃに隠されているようでした。女はその首を自分の娘か妹のように可愛がりました。黒い髪の毛をすいてやり、顔にお化粧してやりました。ああでもない、こうでもないと念を入れて、花の香りのむらだつようなやさしい顔が浮きあがりました。

娘の首のために、一人の若い貴公子の首が必要でした。貴公子の首も念入りにお化粧され、二人の若者の首は燃え狂うような恋の遊びにふけります。すねたり、怒ったり、憎んだり、嘘をついたり、だましたり、悲しい顔をしてみせたり、けれども二人の情熱が一度に燃えあがるときは一人の火がめいめい他の一人を焼きこがしてどっちも焼かれて舞いあがる火焔になって燃えまじりました。けれども間もなく悪侍だの色好みの大人だの悪僧だの汚い首が邪魔にでて、貴公子の首は蹴られて打たれたあげくに殺されて、右から左から前から後から汚い首がゴチャゴチャ娘に挑みかかって、娘の首には汚い首の腐った肉がへばりつき、牙のような歯に食いつかれ、鼻の先が欠けたり、毛がむしられたりします。すると女は娘の首を針でつついて穴をあけ、小刀で切ったり、えぐったり、誰の首よりも汚らしい目も当てられない首にして投げだすのでした。

男は都を嫌いました。都の珍らしさも馴れてしまうと、なじめない気持ばかりが残りました。彼も都では人並に水干《すいかん》＊を着ても脛《すね》をだして歩いていました。白昼は刀をさすことも

＊水干＝男子の平安装束の一つ。公家の私服とも庶民が多く着ていたともいわれる。

出来ません。市へ買物に行かなければなりませんし、白首《しろくび》*のいる居酒屋で酒をのんでも金を払わねばなりません。市の商人は彼をなぶりました。野菜をつんで売りにくる田舎女も子供までなぶりました。白首も彼を笑いました。都では貴族は牛車で道のまんなかを通ります。水干をきた跣足《はだし》の家来はたいがいふるまい酒に顔を赤くして威張りちらして歩いて行きました。彼はマヌケだのバカだのノロマだのと市でも路上でもお寺の庭でも怒鳴られました。それでもうそれぐらいのことには腹が立たなくなっていました。

男は何よりも退屈に苦しみました。人間共というものは退屈なものだ、と彼はつくづく思いました。彼はつまり人間がうるさいのでした。大きな犬が歩いていると、小さな犬が吠えます。男は吠えられる犬のようなものでした。彼はひがんだり嫉《ねた》んだりすねたり考えたりすることが嫌いでした。山の獣や樹や川や鳥はうるさくはなかったがな、と彼は思いました。

「都は退屈なところだなア」と彼はビッコの女に言いました。「お前は山へ帰りたいと思わないか」

「私は都は退屈ではないからね」

とビッコの女は答えました。ビッコの女は一日中料理をこしらえ洗濯し近所の人達とお喋《しゃべ》りしていました。

「都ではお喋りができるから退屈しないよ。私は山は退屈で嫌いさ」

「お前はお喋りが退屈でないのか」

「あたりまえさ。誰だって喋っていれば退屈しないものだよ」

「俺は喋れば喋るほど退屈するのになあ」

「お前は喋らないから退屈なのさ」

「そんなことがあるものか。喋ると退屈するから喋らないのだ」

「でも喋ってごらんよ。きっと退屈を忘れるから」

「何を」

「何でも喋りたいことをさ」

「喋りたいことなんかあるものか」

男はいまいましがってアクビをしました。

都にも山がありました。然し、山の上には寺があったり庵があったり、そして、そこには却って多くの人の往来がありました。山から都が一目に見えます。なんというたくさんの家だろう。そして、なんという汚い眺めだろう、と思いました。

彼は毎晩人を殺していることを昼は殆ど忘れていました。なぜなら彼は人を殺すことに

＊白首＝おしろいを首筋に濃く塗りつけ客に媚びを売る女。私娼などをいった。

も退屈しているからでした。何も興味はありません。刀で叩くと首がポロリと落ちているだけでした。首はやわらかいものでした。骨の手応えはまったく感じることがないもので、大根を斬るのと同じようなものでした。その首の重さの方が彼には余程意外でした。

彼には女の気持が分るような気がしました。鐘つき堂では一人の坊主がヤケになって鐘をついています。何というバカげたことをやるのだろうと彼は思いました。何をやりだすか分りません。こういう奴等と顔を見合って暮すとしたら、俺でも奴等を首にして一緒に暮すことを選ぶだろうさ、と思うのでした。

けれども彼は女の欲望にキリがないので、そのことにも退屈していたのでした。女の欲望は、いわば常にキリもなく空を直線に飛びつづけている鳥のようなものでした。休むひまなく常に直線に飛びつづけているのです。その鳥は疲れません。常に爽快に風をきり、スイスイと小気味よく無限に飛びつづけているのでした。

けれども彼はただの鳥でした。枝から枝を飛び廻り、たまに谷を渉るぐらいがせいぜいで、枝にとまってうたたねしている梟にも似ていました。彼は敏捷でした。全身がよく動き、よく歩き、動作は生き生きしていました。彼の心は然し尻の重たい鳥なのでした。彼は無限に直線に飛ぶことなどは思いもよらないのです。

男は山の上から都の空を眺めています。その空を一羽の鳥が直線に飛んで行きます。空は昼から夜になり、夜から昼になり、無限の明暗がくりかえしつづきます。その涯に何もなくいつまでたってもただ無限の明暗があるだけ、男は無限を事実に於て納得することができません。その先の日、その先の日、その又先の日、明暗の無限のくりかえしを考えます。彼の頭は割れそうになりました。それは考えの疲れでなしに、考えの苦しさのためでした。

家へ帰ると、女はいつものように首遊びに耽《ふけ》っていました。彼の姿を見ると、女は待ち構えていたのでした。

「今夜は白拍子《しらびょうし》＊の首を持ってきておくれ。とびきり美しい白拍子の首だよ。舞いを舞わせるのだから。私が今様《いまよう》＊＊を唄ってきかせてあげるよ」

男はさっき山の上から見つめていた無限の明暗を思いだそうとしました。この部屋があのいつまでも涯のない無限の明暗のくりかえしの空の筈ですが、それはもう思いだすことができません。そして女は鳥ではなしに、やっぱり美しいいつもの女でありました。けれども彼は答えました。

「俺は厭だよ」

＊白拍子＝平安時代末期から鎌倉時代にかけて起こった歌舞の一種。男装の遊女や子供が今様や朗詠を歌いながら舞った。＊＊今様＝平安時代中期から鎌倉時代にかけて流行した歌謡。

女はびっくりしました。そのあげくに笑いだしました。

「おやおや。お前も臆病風に吹かれたの。お前もただの弱虫ね」

「そんな弱虫じゃないのだ」

「じゃ、何さ」

「キリがないから厭になったのさ」

「あら、おかしいね。なんでもキリがないものよ。毎日毎日ごはんを食べて、キリがないじゃないか。毎日毎日ねむって、キリがないじゃないか」

「それと違うのだ」

「どんな風に違うのよ」

男は返事につまりました。けれども違うと思いました。それで言いくるめられる苦しさを逃れて外へ出ました。

「白拍子の首をもっておいで」

女の声が後から呼びかけましたが、彼は答えませんでした。

彼はなぜ、どんな風に違うのだろうと考えましたが分りません。だんだん夜になりました。彼は又山の上へ登りました。もう空も見えなくなっていました。

彼は気がつくと、空が落ちてくることを考えていました。空が落ちてきます。彼は首をしめつけられるように苦しんでいました。それは女を殺すことでした。

空の無限の明暗を走りつづけることは、女を殺すことによって、とめることができます。そして、空は落ちてきます。彼はホッとすることができます。然し、彼の心臓には孔《あな》があいているのでした。彼の胸から鳥の姿が飛び去り、掻き消えているのでした。

あの女が俺なんだろうか？ そして空を無限に直線に飛ぶ鳥が俺自身だったのだろうか？ と彼は疑りました。女を殺すと、俺を殺してしまうのだろうか。俺は何を考えているのだろう？

なぜ空を落さねばならないのだか、それも分らなくなっていました。あらゆる想念が捉えがたいものでありました。そして想念のひいたあとに残るものは苦痛のみでした。夜が明けました。彼は女のいる家へ戻る勇気が失われていました。そして数日、山中をさまよいました。

ある朝、目がさめると、彼は桜の花の下にねていました。その桜の木は一本でした。桜の木は満開でした。彼は驚いて飛び起きましたが、それは逃げだすためではありません。なぜなら、たった一本の桜の木でしたから。彼は鈴鹿の山の桜の森のことを突然思いだしていたのでした。あの山の桜の森も花盛りにちがいありません。彼はなつかしさに吾を忘れ、深い物思いに沈みました。

山へ帰ろう。山へ帰るのだ。なぜこの単純なことを忘れていたのだろう？　そして、なぜ空を落すことなどを考え耽っていたのだろう？　彼は悪夢のさめた思いがしました。救われた思いがしました。今までその知覚まで失っていた山の早春の匂いが身にせまって強く冷めたく分るのでした。

男は家へ帰りました。

女は嬉しげに彼を迎えました。

「どこへ行っていたのさ。無理なことを言ってお前を苦しめてすまなかったわね。でも、お前がいなくなってからの私の淋しさを察しておくれな」

女がこんなにやさしいことは今までにないことでした。男の胸は痛みました。もうすこしで彼の決意はとけて消えてしまいそうです。けれども彼は思い決しました。

「俺は山へ帰ることにしたよ」

「私を残してかえ。そんなむごたらしいことがどうしてお前の心に棲むようになったのだろう」

女の眼は怒りに燃えました。その顔は裏切られた口惜しさで一ぱいでした。

「お前はいつからそんな薄情者になったのよ」

「だからさ。俺は都がきらいなんだ」

「私という者がいてもかえ」

「俺は都に住んでいたくないだけなんだ」

「でも、私がいるじゃないか。お前は私が嫌いになったのかえ。私はお前のいない留守はお前のことばかり考えていたのだよ」

女の目に涙の滴が宿りました。女の目に涙の宿ったのは始めてのことでした。女の顔にはもはや怒りは消えていました。つれなさを恨む切なさのみが溢れていました。

「だってお前は都でなきゃ住むことができないのだろう。俺は山でなきゃ住んでいられないのだ」

「私はお前と一緒でなきゃ生きていられないのだよ。私の思いがお前には分らないのかねえ」

「でも俺は山でなきゃ住んでいられないのだぜ」

「だから、お前が山へ帰るなら、私も一緒に山へ帰るよ。私はたとえ一日でもお前と離れて生きていられないのだもの」

女の目は涙にぬれていました。男の胸に顔を押しあてて熱い涙をながしました。涙の熱さは男の胸にしみました。

たしかに、女は男なしでは生きられなくなっていました。新しい首は女のいのちでした。

そしてその首を女のためにもたらす者は彼の外にはなかったからです。彼は女の一部でした。女はそれを放すわけにいきません。男のノスタルジイがみたされたとき、再び都へつれもどす確信が女にはあるのでした。

「でもお前は山で暮せるかえ」

「お前と一緒ならどこででも暮すことができるよ」

「山にはお前の欲しがるような首がないのだぜ」

「お前と首と、どっちか一つを選ばなければならないなら、私は首をあきらめるよ」

夢ではないかと男は疑りました。あまり嬉しすぎて信じられないからでした。夢にすらこんな願ってもないことは考えることが出来なかったのでした。

彼の胸は新な希望でいっぱいでした。その訪れは唐突で乱暴で、今のさっき迄の苦しい思いが、もはや捉えがたい彼方《かなた》へ距《へだ》てられていました。彼はこんなにやさしくはなかった昨日までの女のことも忘れました。今と明日があるだけでした。

二人は直ちに出発しました。ビッコの女は残すことにしました。そして出発のとき、女はビッコの女に向って、じき帰ってくるから待っておいで、とひそかに言い残しました。

★

目の前に昔の山々の姿が現れました。呼べば答えるようでした。旧道をとることにしました。その道はもう踏む人がなく、道の姿は消え失せて、ただの林、ただの山坂になっていました。その道を行くと、桜の森の下を通ることになるのでした。

「背負っておくれ。こんな道のない山坂は私は歩くことができないよ」

「ああ、いいとも」

男は軽々と女を背負いました。

男は始めて女を得た日のことを思いだしました。その日も彼は女を背負って峠のあちら側の山径を登ったのでした。その日も幸せで一ぱいでしたが、今日の幸せはさらに豊かなものでした。

「はじめてお前に会った日もオンブして貰ったわね」

と、女も思いだして、言いました。

「俺もそれを思いだしていたのだぜ」

男は嬉しそうに笑いました。

「ほら、見えるだろう。あれがみんな俺の山だ。谷も木も鳥も雲まで俺の山さ。山はいいなあ。走ってみたくなるじゃないか。都ではそんなことはなかったからな」

「始めての日はオンブしてお前を走らせたものだったわね」

「ほんとだ。ずいぶん疲れて、目がまわったものさ」

男は桜の森の花ざかりを忘れてはいませんでした。然し、この幸福な日に、あの森の花ざかりの下が何ほどのものでしょうか。彼は怖れていませんでした。

そして桜の森が彼の眼前に現れてきました。まさしく一面の満開でした。風に吹かれた花びらがパラパラと落ちています。土肌の上は一面に花びらがしかれていました。この花びらはどこから落ちてきたのだろう？　なぜなら、花びらの一ひらが落ちたとも思われぬ満開の花のふさが見はるかす頭上にひろがっているからでした。

男は満開の花の下へ歩きこみました。あたりはひっそりと、だんだん冷めたくなるようでした。彼はふと女の手が冷めたくなっているのに気がつきました。俄に不安になりました。とっさに彼は分りました。女が鬼であることを。突然どッという冷めたい風が花の下の四方の涯から吹きよせていました。

男の背中にしがみついているのは、全身が紫色の顔の大きな老婆でした。その口は耳まででさけ、ちぢくれた髪の毛は緑でした。男は走りました。振り落そうとしました。鬼の手に力がこもり彼の喉にくいこみました。彼の目は見えなくなろうとしました。彼は夢中でした。全身の力をこめて鬼の手をゆるめました。その手の隙間から首をぬくと、背中をすべって、どさりと鬼は落ちました。今度は彼が鬼に組みつく番でした。鬼の首をしめました。そして彼がふと気付いたとき、彼は全身の力をこめて女の首をしめつけ、そして女はすでに息絶えていました。

彼の目は霞《かす》んでいました。彼はより大きく目を見開くことを試みましたが、それによって視覚が戻ってきたように感じることができませんでした。なぜなら、彼のしめ殺したのはさっきと変らず矢張り女で、同じ女の屍体《したい》がそこに在るばかりだからでありました。

彼の呼吸はとまりました。彼の力も、彼の思念も、すべてが同時にとまりました。女の屍体の上には、すでに幾つかの桜の花びらが落ちてきました。彼は女をゆさぶりました。呼びました。抱きました。徒労でした。彼はワッと泣きふしました。たぶん彼がこの山に住みついてから、この日まで、泣いたことはなかったでしょう。そして彼が自然に我にかえったとき、彼の背には白い花びらがつもっていました。

そこは桜の森のちょうどまんなかのあたりでした。四方の涯は花にかくれて奥が見えませんでした。日頃のような怖れや不安は消えていました。花の涯から吹きよせる冷めたい風もありません。ただひっそりと、そしてひそひそと、花びらが散りつづけているばかりでした。彼は始めて桜の森の満開の下に坐っていました。いつまでもそこに坐っていることができます。彼はもう帰るところがないのですから。

桜の森の満開の下の秘密は誰にも今も分りません。あるいは「孤独」というものであったかも知れません。なぜなら、男はもはや孤独を怖れる必要がなかったのです。彼自らが孤独自体でありました。

彼は始めて四方を見廻しました。頭上に花がありました。その下にひっそりと無限の虚空がみちていました。ひそひそと花が降ります。それだけのことです。外には何の秘密もないのでした。

ほど経て彼はただ一つのなまあたたかな何物かを感じました。そしてそれが彼自身の胸の悲しみであることに気がつきました。花と虚空の冴えた冷めたさにつつまれて、ほのあたたかいふくらみが、すこしずつ分りかけてくるのでした。

彼は女の顔の上の花びらをとってやろうとしました。彼の手が女の顔にとどこうとした時に、何か変ったことが起ったように思われました。すると、彼の手の下には降りつもった花びらばかりで、女の姿は掻き消えてただ幾つかの花びらになっていました。そして、その花びらを掻き分けようとした彼の手も彼の身体も延した時にはもはや消えていました。あとに花びらと、冷めたい虚空がはりつめているばかりでした。

（『肉体』創刊号、一九四七年六月）

オモチャ箱

およそ芸ごとには、その芸に生きる以外に手のない人間というものがあるものだ。碁将棋などは十四五で初段になる、特別天分を要するものだから、その道では天来の才能に恵まれているが、外《ほか》のことをやらせると小学校の子供よりも役に立たない。まるで白痴のような人があったりする。然しこういう特殊な畸形児はせいぜい四五段ぐらいでとまるようで、名人上手となるほどの人は他の道についても凡庸ならぬ一家の識見があるようである。文学の場合にも、時にこういう作家が現れる。一般世間では芸ごとの世界に迷信的な偏見があって、芸人芸術家はみんなそれぞれ一種の気違いだというように考えたがるものであるが、それは仕事の性質として時間正しく規則的という風には行かないけれども、仕事の性質が不規則だ。夜仕事して昼間ねている、それだから気違いだという筈もない。

元々芸、芸術というものは日常茶飯の平常心ではできないもので、私は先日将棋の名人戦、その最終戦を見物したが、そのとき塚田八段が第一手に十四分考えた。それで観戦の土居八段に、第一手ぐらい前夜案をねってくるわけに行かないのかと尋ねたところが、前夜考えてきても盤面へ対坐すると又気持が変る、封じ手などというものは大概指手が限られていて想像がつくから、この手ならこう、あの手ならこう、とちゃんと案をねってきても、盤面へ向ってみると又考えが変って別の手をさす、そういうものだと言う。

これは僕らの仕事でも同じことだ。こういう筋を書こう、この人物にこういう行動をさせよう、そう考えていても、原稿紙に向うと気持が変る。

気持が変るというのは、つまり前夜考える、前夜の考えというのが実は我々の平常心によって考案されておるのだが、原稿に向うと、平常心の低さでは我慢ができない。全的に没入する、そういう境地が要求される、創作活動というものはそういうもので、予定のプラン通りに行くものなら、これは創作活動ではなくて細工物の製造で、よくできた細工はつくれても芸術という創造は行われない。芸術の創造は常にプランをはみだすところから始まる。予定のプランというものはその作家の既成の個性に属し、既成の力量に属しているのだが、芸術は常に自我の創造発見で、既成のプランをはみだし予測し得ざりしものの創造発見に至らなければ自ら充《み》たしあたわぬ性質のものだ。

だから事務家が規則的に事務をとる、そういうぐあいにはどうしても行かない。そこで仕事の性質として生活が不規則になるけれども、これは仕事の性質によるもので、その人間がそういう性質だというわけではない。豚は本来非常に清潔を好む動物だそうだ。日本人は豚を特別汚く飼い、なんでも汚い物をみんな豚小屋へ始末して豚小屋とハキダメは同じ物だと心得ているが、さにあらず豚は本来潔癖で、豚小屋を綺麗《きれい》にするとその清潔を汚さぬために日頃注意を怠らぬ心得のあるのが豚だそうで、つまり文士というものは日本の豚のようなものだ。仕事の性質でやむなく不規則雑然としておるけれども、本来は意外にキチョウメン、然し、どうも、まア、よそうや。

文学は人間を書く仕事だから一応人間通でなければならぬ。碁将棋はその道の天分以外は白痴的という専門家が有り得るけれども、白痴的な人間通、そんな作家はいなかろう。然し稀《まれ》にはある。白痴的という表現は当らないかも知れぬが、要するに、作家以外の仕事をやると半人前しかやれない、外《ほか》につぶしがきかないという人がある。私なども人々からそう思われがちだがこれは間違いで、一般にあの小説家あの詩人はてんで実務に向かないなどと同業者にまで思われ易い人物も案外そうではないもので、詩人などには変に非現実的な詩をものしたり厭世的な詩を書いたりしているくせに、御当人の性癖は事務家よりも現実的な人が多いものだ。文学そのものが人間的なものなのだから、根はそうあるべきもので、文人墨客という言葉は近代文学の文人には有り得ず、世俗の人々よりもむしろ根は世俗的現実的なものだ。

三枝庄吉《さえぐさしょうきち》は近代日本文学の異色作家、彼の小説の広告のきまり文句で、然し彼は私の知る限りに於ては、小説を書く以外にはつぶしのきかない日本唯一の作家であった。

彼の小説はいわば一種の詩で、彼の作品活動をうごかす根は詩魂であるから、苦吟、貧窮、流浪、ほかにお金もうけの才覚もできない無能者であるからと云って、然し彼が人間通ではないと思うと当らない。人間に対する彼の洞察は深く又的確であり、したがって、夢幻の如くに生きながら、世間一般の人々以上に即物的な現実性を持っていた。彼は浪費家であるけれども、根は吝嗇で、つまりキンケン力行《りっこう》*の世人よりもお金を惜しみ物を惜しむ人間の執念を恵まれているのだが、守銭奴の執念をもちながら浪費家だ。近代文士が即物的な現実家だというのは、人間通であるから、人間に通じているとは自分に通じることでもあり、人間の執念妄執を「知る」ということは、つまり自分が「もつ」ということだ。だから人間というものが複雑なもので執着ミレンなものであるなら、近代文士はみんな複雑であり執着ミレンなもので、同時に然し彼は浪費家であり夢遊歩行家の如く夢幻の人生を営んでいた。

だいたい我々貧乏な文士ぐらい、たまに懐にお金をもつと慌ててお金を払いたがるものはない。文士が三人も集ってお酒をのんで、それぞれ懐にお金があるときには、お勘定、となると最も貧乏なのがムキになって真ッ先に払いたがる。私などがしょっちゅうそうで、マアマア今日はどうあってもオレにたのむ、などと凄い意気込みで、そのくせツケがきて懐中を調べてみるとお金が足りない。ウロウロ悄然としてまだどこかにお金でもあるが如くに懐をかきまわす時に至って、かねてお金持の文士の方がチッとも騒がずオモムロに懐中からズッシリふくらんだ財布をとりだすということになる。三枝庄吉も亦《また》、真ッ先に慌てふためいて蟇口をとりだす組で、然しこの組の連中ほど貧のつらさ、お金の有難さを骨身にしみて知る者はない。そのくせこの連中の蟇口の中のお金にはみんなそれぞれ脚が生《は》えて我先にとびだし駈け去るシクミだから、まことに天下はままならぬ。朝の来たるごとに後悔に及び、米もなければ大根のシッポもない、今日は何をたべるの、と女房に言われて、汝《なんじ》女房こそ呪いの悪魔である如くギラギラ光る目でジロリと見て、フトンをかぶったり、腕組みをしてソッポを向いたりしている。

庄吉は転々と引越した。長くて半年、時には三月《みつき》、酒屋、米屋、家賃に窮するからで、彼はシルシ半纏がいちばん怖しいのは、東京の四方八方に転々彼を走らせるいくらでもない借金が、そこのオヤジも小僧もたいがいシルシ半纏をきているからだ。おまけに自転車にのっている。風をきって彼めがけて躍りかかる如く見えるから自転車のシルシ半纏が恐怖のたねで、そこで彼は自動車にのって目的地へ走る、運転手に睨まれ、もじもじ恥にふ

＊キンケン力行＝勤倹（勤勉倹約）力行、仕事に励み、むだづかいをせず、努力して物事を行うこと。

るえながら目的地のアルジに車代を払って貰う、人生至るところただもう卑屈ならざるを得ない。おまけに金がかかる。お金持は自動車にのる必要などはないものだ。

彼の女房は彼の貧乏にあつらえ向きであった。貧乏を友として遊ぶていで、決して本心貧乏を好むわけではないけれども、自然にそうなった。それは庄吉の小説のためだ。

彼の小説の主人公はいつも彼自身である。彼は自分の生活をかく。然し現実の彼の生活ではなくて、こうなって欲しい、こうならよかろうという小説を書く。けれども、お金持になって欲しい、などと夢にも有り得ぬそらごとを書くわけには行くものではなく、作家はそれぞれ我が人生に対しては最も的確な予言者なのだから、彼が貧乏でなくなるなどとは自ら許しあたわぬ空想で、芸術はかかる空想を許さない。彼の作中に於て彼は常に貧乏だ、転々引越し、夜逃げに及び、居候に及び、鬼涙村（キナダムラ）だの風祭村などというところで、造り酒屋の酒倉へ忍びこんで夜陰の酒宴に成功したりしなかったり、借金とりと交驩《こうかん》したり、悪虐無道の因業オヤジと一戦に及び、一泡ふかしたりふかされたり、そして彼の女房は常に嬉々として陣頭に立ち、能なしロクでなしの宿六をこづき廻したりするけれども、口笛ふいて林野をヒラヒラ、小川にくしけずり、流れに足をひたして俗念なきていである。

そういう素質の片鱗があることによって、庄吉がそう書き、そう書かれることによって女房が自然にそうなり、自然にそうなるから、益々そう書く。書く方には限度がないが、現実の人間には限度があるから、そんなに書いたってもうだめという一線に至って悲劇が起る。

思うに彼の作品も限度に達した。こうなって欲しいという願望の作風が頂点に達し或いは底をつき、現実とのギャップを支えることができなくなったから、彼には芸術上の転機が必要となり、自らカラを突き破り、その作品の基底に於て現実と同じ地盤に立ち戻り立ち直ることが必要となった。然しそれが難なく行い得るものならば芸術家に悲劇というものはないのである。

★

庄吉の作品では一升ビンなど現れず概《おおむ》ね四斗樽が現れて酒宴に及んでいるから文壇随一のノンダクレの如く通っていたが、彼は類例なく酒に弱い男であった。

元々彼はヒヨワな体質だから豪快な酒量など有る由もないが、その上、彼は酒まで神経に左右され、相手の方が先に酔うと、もう圧迫されてどうしても酔えなくなり、すぐ吐き下してしまう。気質的に苦手な人物が相手ではもう酔えなくて吐き下し、五度飲むうち四度は酔えず吐き下している有様だけれども、因果なことに、酒に酔わぬと人と話ができないという小心者、心は常に人を待ちその訪れに飢えていても、結んだ心をほぐして語るには酒の力をかりなければどうにもならぬ陰鬱症におちこんでいた。だから客人来たる、それとばかりに酒屋へ女房を駈けつけさせる、朝の来客でも酒、深夜でも酒、どの酒屋も借金だらけ、遠路を遠しとせず駈け廻り、医者の門を叩く如くに酒屋の大戸を叩いて廻り、だから四隣の酒屋にふられてしまうと、新天地めざして夜逃げ、彼の人生の輸血路だから仕方がない。

彼は貴公子であった。彼の魂は貧窮の中であくまで高雅であったからだ。

彼は近代作家の地べたに密着した鬼の目と、日本伝統の文人気質を同時にもち、小説なんかたかが商品だと知りながら、芸術を俗に超えた高雅異質のもの、特定人の特権的なものと思っており、矜持をもっていたから、そしてその誇りを一途の心棒に生きていたから、貧窮の中でも魂は高雅であったが、又そのために彼の作品は文人的なオモチャとなり、その基底に於ても彼の現身《うつしみ》と遊離する傾向を大きくした。

つまり彼自身が貧窮に生きつつ高雅なることを最も意識するから、彼は強いて不当に鬼の目を殺して文人趣味に堕し盲《めし》い、彼のオモチャは特定人のオモチャ、彼一人のオモチャ、かたくなな細工物の性質を帯び、芸術本来の全人間的な生命がだんだん弱く薄くなりつつあった。年齢も四十となり貧窮も甚しくなるにつれて、彼の作品は益々「ポーズ的に」高雅なものとなりつつあり、やがてポーズのためにガンジがらめの危殆《きたい》に瀕しつつあった。

鬼の目を殺すから不自然だ。彼の作品は幻想的であるが、鬼の目も亦鬼の目の幻想があるべきものを、そして彼本来の芸術はそうでなければならないものを、特に鬼の目を殺して文人趣味的な幻想に偏執する。だから彼の作品はマスターベーションであるにすぎず、真実彼を救うもの高めるものではなくなっていた。

彼の下宿の借金のカタに彼の最も貴重な財産たる一つのミカン箱をおいてきた。このミカン箱には彼の一生の作品がつめこんである。彼は流行しない作家だから単行本は二冊ぐらいしか出しておらず、だから新聞雑誌の彼の作品をきりぬいてつめたミカン箱は彼の大切な爪の跡だ。あれがなくなるとオレがなくなるのだとオロオロし、すっかり陰鬱にふさぎこんでいるのに同情した後輩の栗栖按吉《くりすあんきち》というカケダシの三文文士が借金を払ってミカン箱をもってくると、庄吉は大よろこび、その日からこのミカン箱を枕もとに置いて深夜に目ざめてはミカン箱をかきまわして旧作を耽読し、朝々の目ざめには朗々と朗読する、酔っ払えば女房を膝下にまねいて身振り面白く又もや朗読、自分の最大の愛読者は作者自身、次には女房、元々彼女は大愛読者で、女学生のとき庄吉先生を訪問したファンであり、それより恋愛、結婚、だから愛読の歴史はふるい。そのときから彼女自身切っても切れない作中人物の一人となったが、作中の自分がいかにも気に入るから、そうなりましょうと現実の自分が作品に似てくる。芸術が自然を模倣し、自然が芸術を模倣する。それというのも、作品に彼女を納得させる現実性があったからで、どれほど幻想的でも、作品の根柢には現実性が必要で、現実に根をはり、そこから枝さしのべ花さくものが虚構である。

ところが宿六の近作はだんだん女房を納得させなくなってきた。つまり作家の根柢からして現実とはなれてきたのだ。

彼は女房を愛していたが、然し、浮気の虫はある。これもやっぱり女学生のころ彼を訪ねたことのあるファンの一人がバアの女給となった。新東京風景というのを何十人かの文士が書いてその日本橋を受けもった庄吉が偶然その探訪に於て彼女とめぐりあい、それより酔うとここへ通ってセッセと口説く。然し彼女は昔の彼女ならず、お金持の紳士となら三日でも一週間でも泊りに行くが、庄吉ときてはとてもバアでは飲む金がなくて、後輩お弟子とオデン屋でのむ、後輩お弟子にまだいくらか所持金のあるのを見とどけると、あそこへ連れて行け、者共きたれ、といでたつ。同輩先輩をつれて行かないのは女の前で威張れないからで、そこで後輩をひきつれて大いに威張るけれども、お金がなくて威張り屋というのは娼婦の世界で最も軽蔑されるもので、女学生時代のファンなどと庄吉はまだそこにつけこむ魂胆だが、先方ではもう忘れているツナガリにつけこまれるウルササに益々不愉快になっている。けれども庄吉は酔っ払うと必ずここへ乗りつけて、前後不覚に口説き、追いだされ、借金サイソクの書状やコックが露骨にくる。それでも酔うと又でかけ再三再四きりがない。もちろん成功の見込み微塵もない。

そこまではまだ良かったが、近所にすむ同郷のお弟子にちょっと色ッぽい妹があって彼の世話で雑誌社の事務員になった。それ以来酔っ払うとこのお弟子の家をたたいて酒を所望し、泊りこみ、その横に母なる人がねていても委細かまわず妹のフトンへ這《は》いこむ。追いだされる、不撓不屈、ついに疲れて自然にノビてしまうまで、くりかえす。これも成功の見込みはない。

次にはさる新進の女流作家を訪問する。この女流作家の作品をほめて書いたことからの縁で、この人は流行作家のオメカケさんだが、酔っ払うと、ここへ押しかける。酔っ払うと必ず誰か女のもとへ通うのは彼の如何ともなしがたい宿命的な夢遊歩行となりつつあった。

遠征の夢遊歩行はまだよかったが、女房の妹に女学生、まだ四年生、然し大柄で大人になりかけた体格だが、女房とは比較にならぬ美少女で色ッぽい。この女学生が泊った晩、あいにく夏で、カヤが一つしかないからみんなで一つカヤにねたが、この晩庄吉は泥酔したのが失敗のもとで、夢遊歩行に倅《せがれ》の寝床を乗りこえ女房のバリケードをのりこえて女学生めがけて進撃に及ぶ。女房に襟くび摑んで引き戻されても不撓不屈、道風《とうふう》の蛙、*三時間余、もっとも成功に至らず、夜の白む頃に及んでようやく自然の疲労にノビて終末をつげたが、然し、まだここまではよろしかった。

浮気は本来万人のもの、酔ったからだと言ってはならぬ、浮気心のあるがままを冷然見つめる目があってその目が作品の根柢になければならぬものを、彼はその目を持ちながら、かかる目自体を俗なるものとする。自分と女房を主人公に夢物語をデッチあげるが、この目の裏づけがないから、夢物語に真実の生命、血も肉もない。もう女房は宿六の作品に納得されなくなっている。

浮気は万人の心であり、浮気心はあっても、そして酔って這いこんでも、彼はたしかにその魂の高雅な気品尋常ならぬ人であった。あるがままの本性は見ぬふりして、ことさらに綺麗ごとで夢物語を仕上げ、実人生を卑俗なるものとして作中人物にわがまことの人格を創りだすつもりなのだが、わが本性の着実な裏づけなしに血肉こもる人格の創作しうる由もない。彼は高風気品ある人だから、妹の寝床を襲撃に及んでも女房は宿六の犯しがたい品位になお評価を失ったわけではないのに、作中人物に納得させる現実の根柢裏づけが欠け、一人よがりいい気にオモチャ箱をひっくりかえしオモチャの人格をのさばらせるから、むしろそこからヒビがはいった。宿六の愛読者ではなくなったから、作中人物を疑り蔑むことによって、現実の宿六をも蔑み、その犯しがたい品位まで嘘っパチいい加減のまやかし物だというように見る目が曲ってしまったのである。

庄吉はもう四十になった。彼は女房を信じ愛しまかせきっていた。気の毒な彼はその作品の根柢が現実の根から遊離し冷厳なる鬼の目を封じ去り締めだすことに馴れるにつれて、彼は然しあべこべに彼の現実の表面だけを彼の夢幻の作品に似せて行き、夢と現実が分かち難くなってきた。

彼は雑誌社で稿料を貰う。借金とりにせめられ、子供の月謝や弁当代に事欠き、女房は彼の帰宅を待ちわびている。その借金や子供の学費が気にかかることに於て彼は決して女房以下ではないのだけれども、友だちに会う、懐中の原稿料は無事女房に渡してやりたいけれども、先刻も話した通りこのお金には脚があって慌てて走って行きたがっているのだから、せつない。まア一杯だけと思う、よく酔える、二杯、三杯、十杯、さア、景気よく騒ごう、あれも呼べ、これも呼べ、八方に電話をかける、後輩どもをよびあつめ、大威張り、陸上競技の投げ槍などを買いもとめてバルチンという彼の作中人物の愛吟を高らかに誦《しょう》しつつアテナイの市民、アテナイの選手を気どって我が家に帰る。もはや一文《いちもん》の金も懐中にはない。女房はくるりとふりむき別室へ駈け去って泣く、泣きながら翌朝のオミオツ

＊道風の蛙＝平安時代の能書家、小野道風が自分の才能に悩んでいたとき、柳に何度も飛びつく蛙を見て目を覚ましたという言い伝え。真偽は不明。

ケのタマネギをきり又泣く。宿六がこれ女房よと呼びかけても返事をしない。

この悲痛をもとより彼は見逃がしていない。彼はむしろ女房よりも貧苦がせつなく、借金が悲しく、子供の学費が心にかかっているのだ。けれども彼の作品が根柢的にその現実と絶縁に成功すると同様に、彼の現実に於ても、その絶縁に成功しなければ彼はもう身の置き場もない。彼は借金とりをラ・マンチャの紳士の水車の化け物に見たてて戦い、女房の妹を口説いてもトボソのダルシニヤ姫になぞらえる。孤高の文学だの、遊吟詩人の異色文学だの、彼の作品の広告のきまり文句を全然信じていないくせに、俺はそういうものだと胸をそらして思いこむことに成功する。

根柢に現実の根とまったく遊離した作品世界に遊びながら、その偽瞞に気づかぬどころか、現実のうわべだけを作中世界に似せ合わせることに成功することによって、彼は益々自作の熱愛読者となり、自作に酔っぱらい、わが現身の卑小俗悪を軽蔑黙殺することに成功した。彼はもうイヤでも自分の作品に酔っぱらわなければ、この現身の息苦しさに堪《た》え生きていられないのだ。

同業者や批評家はいまだに孤高の文学、異色の文学、きまり文句でお座なりの五六行文芸時評の片すみへこれも稼ぎのためだからと筆まめにいい加減あてずっぽうに書いてくれるのが時々いたりするけれども、もう女房だけは騙すことができない。作品と現実との根柢的のバラバラ事件をこれは頭脳が読むのでなしに骨身に徹して、骨身によって、判定しているのだ。

そこへもう女房の我慢のならないことができた。

★

彼等は疑雨荘というちょっと小綺麗なアパートに住むことになった。このアパートのマダムはオメカケで、お小遣いかせぎに旦那にせがんでアパートをこしらえて貰ったのだが、内々は浮気のためで、旦那は晩酌が一升ずつという酒豪で不能者だから、芸者育ちのマダムは小さな環境にあきたらない、まことに多淫な女で、アパートの誰彼とたくみに遊びたわむれている。

旦那がきて晩酌がはじまると、今日はあの方をおよびしましょうというわけで、庄吉も招かれる。マダムは二十七八の美人で芸者あがりだから世帯じみたところがなく、濃厚な色気そのもの、豊艶で色ッぽい。三枝先生と言ってチヤホヤもてなしてくれるから庄吉は有頂天になって、それからというもの酔余の女人夢遊訪問はアパートのマダムの部屋となった。酔っ払うと大はしゃぎで、ふだんは蚊のなくような細い声しかでないくせに、こんなチッポケな痩身のどこからでると思うような破《わ》れ鐘《がね》の声で応援団のように熱狂乱舞して合いの手に胴間声にメッキのようなツヤをかぶせて御婦人を讃美礼讃したり口説いたりする。小さなアパートにこれが筒ぬけに響くから、

「アラ先生、奥様にきこえてよ」

などと言うが、これが又わざときこえよがしの声でナガシメを送るのだから、庄吉は益々有頂天で、

「僕は女房はきれえなんだ。年ガラ年中筍の皮をむいたり玉ネギをコマ切れにして泣いたり、朝から晩までいつだってそうなんだから毎日何百本も筍を食ってるわけじゃアないんだから、アイツは一本の筍を五時間もむく妖術使いなんだなア。その妖術のほかに人生の心得は何一つないんだから」

これがきこえてくるからカンベンができない。日本の女房は概ね女中兼業で、兼業の方に主力が置かれている状況であるが、当人が好んで兼業に精をだしているわけではなくて、亭主が無力で女房と亭主友だちづきあいというわけに行かないシクミだから涙をのんで筍の皮をむいている。しかるに何ぞや。自分の無力無能をタナにあげて、女房は世帯じみて筍の妖術使いだと言う。どこの宿六でも自分の無力無能のせいで女房をヤリクリ妖術使いにしておきながら、ヤリクリなしの遊び女にひそかにアコガレをよせているいずれも不届きの曲者ぞろいで、さてこそ女房がこぞって遊女芸者オメカケを敵性国家と見なすのは

重々左《さ》もあるべきところである。見えも聴えもしなければ我慢のしどころもあるけれども、目に見え耳に聴えては痛憤やるかたないのは御尤も、それでも胸をさすっていると、一緒に芝居見物に行って酔っ払っておそろいで賑々しく帰ってきて女房の部屋へは顔もださず、マダムの部屋で馬鹿笑いをしながら飲ませて貰っている。締切に追いまくられ女房が鍋の音をガチャリとさせてもギラギラした目を三角にしてジロリと睨むくせに、マダムが先生チョットと呼びにくると困りきった顔半分相好くずしていそいそと出たまま夜更けまで帰らずベロベロになって戻って小説は間に合わず、貧窮身にせまる。

然し宿六の心事は複雑奇怪で、彼は決して女にもててはいなかった。彼はていよくマダムにあやつられ、それというのが、彼がその道にまったく稚拙で単なるダダッ子にすぎないのだから旦那の信用を博している、そこでマダムは彼をつれだし、ついでに男をつれだして、彼を気持よく酔わせておいて、アラ、チョット先生忘れた用があるからとか、買物をしてくるから、とか、人に会ってくるとか呼んでくるとかぬけだして、彼にはオデン屋の安酒をあてがって二時間ほど遊んでくる。しょっちゅう男が変っているが事情に全然変化のないのは庄吉で、ちかごろでは卑屈になって、アラ、そう、忘れた、先生、と二人の男女が立ち上ると、皆まできかずエヘヘ行ってらっしゃいなどと、あさましい。そのあさましさは骨身に徹して彼には分るが、浮気女の豊艶な魔力におさえられて一言二言うまいことを言われるとグニャグニャ相好をくずすだけが能だという、思えばかえすがえすもあさましい限りであった。こんなことは女房に言えた義理ではないから、いかにも彼が大もてで、マダム意中の人の如くに威張りかえっているけれども、女房よゆるせ、そぞろ悲しく、ここが芸術の有難さだと、わが本性に根の一つもない夢幻の物語に浮身をやつし、作中人物になりすまし、朗吟の果《はて》には涙をながして自分一人感動している。女房にこれぐらい馬鹿馬鹿しく見えるものはない。彼女は亭主の小説などもはや三文の値もつけられない。ロクデナシメ、覚えていやがれ、と失踪してしまった。

然し彼が柄にもなくマダムに熱をあげるのは恋路のせい浮気のせいでなく、むしろ文学に行きづまったためだ。なぜと云って、彼は全然女にもてておらず、女の浮気のダシに使われ、なめられ、ふみつけられ、そのあさましさを知りぬいて、見えすいた甘い言葉に相好くずして悦に入る、バカげたこと、悲しいばかり面白おかしくもないのだけれども、芸術に自信を失っては、芸術家はもう人生まっくらだ。面白おかしくもないこと、やりたくもないことに結構フラフラ打ちこむとはこれ即ちデカダンで、自信喪失というものの宿命的な成行きなのである。

数日失踪したまま女房が帰らない。気もテントウせんばかり苦痛だけれども、マダムが冷然と、アラ奥さん浮気？　お見それしたわね、先生もだらしがない方ね、あんな奥さんにミレンがあるのかしら、と毒の針をふくんだような言葉を浴せる、底意は侮蔑しきっているのが分っており目の色にも半分嘲笑がにじみでているのだけれども、先生も浮気なさらないの、などと冷やかされると、彼はもうヤケになって、

「奥さん、泊りに行こうよ。ね、いいだろう、行こうよ」

マダムは苦笑して、

「先生、泊りに行くお金あるの？」

グサリと斬る。

庄吉は一刀両断、水もたまらず、首はとび甚だ意地の悪いもので地べたへ落ちてもぐりこんでしまえばいいのにフワリフワリと宙に浮いて壁につき当り唐紙にはじかれ柱の角で鼻をこすってシカメッ面を一ひねり五へん六ぺん旋回する。目をとじ耳をふさいで一目散に逃げ去りたいのに、その心をさておいて何物かネチネチ尻をまくる妖怪じみた奴がおり、

「僕ァ貧乏なんだ。貧乏は天下に隠れもない三枝さんだからな。僕ァ芸術家なんだ。僕はエレエんだ。痩せても枯れても貧乏は仕方がねえ」

何のことだか、わけが分らない。けれども腰がぬけ、すくんだ感じで逃げるに逃げられず、やぶれかぶれ意外千万なことを喚きたてる。

「そうね、死ななきゃ分らないわね」

マダムは入口の扉にもたれる。ちょうど廊下へ一人の男がタオルと石鹸《せっけん》もって出てくる、この男も例の男の一人で、

「え？　死ぬ？」

「死ななきゃ治らないと言うのよ」

「ああ、バの字ですか」

「そう」

マダムは頷き

「死ななきゃ分らない、か。梶さん、今晩、のみに連れてってくれない？」

男と肩を並べて行ってしまった。

数日すぎて女房は戻った。

何よりも仕事をしていないのが、せつないのだ。それがもとで、こういうことにもなる。ただ仕事あるのみ。だが、どうして仕事ができないのか。女も酒も、夢の夢、幻の幻、何物でもない。

そこで彼は後輩の栗栖按吉に手紙を書いて、当分女房子供と別居して創作に没頭したいから君の下宿に恰好な部屋はないか、至急返事まつ、あいにく部屋がなかったから、そのむね返事を送ると、もとより庄吉は一時その気になっただけ、女房と別れて一時も暮せる

男ではない。按吉から返事がくると、ホッとして、

「オイ、部屋がないってさ。じゃア、仕方がねえや。ともかく、ここにア居たくないから、小田原へ行こうよ。これから新規まき直しだ」

「私は小田原はイヤよ。お母さんと一緒じゃ居られないわ」

「だって仕方がねえもの。原稿が書けなかったから外に当もねえから、ともかく小田原で創作三昧没頭して、傑作を書くんだ」

「どうして荷物を運ぶのよ」

「たのめば、ここで預ってくれるだろう」

「家賃は払ったの」

「原稿も書けなかったし、前借りがあるから、もう貸してくれねえだろう。小田原へ行きゃ、ともかく、この部屋でなきゃア、書けるんだ。書きさえすりゃア部屋代ぐらい」

「だって、今払わなきゃ、どうなるの。夜逃げなの。荷物があるわよ」

「だからよ。マダムのところへ頼みに行ってきてくれ。事情を言や分ってくれるんだ」

「あなた行ってらっしゃい」

「オレはいけねえや」

「だって親友じゃないの」

庄吉が暗然腕をくんで黙りこんでしまうと、さすがに自分も失踪から戻ったばかり、宿六の古傷もいたわってやりたい気持で、

「じゃア、行ってくるわ。部屋代ぐらい文句言われたって構やしないわよ。堂々と出て行きましょうよ」

「うん、荷物のことも、たのむ」

ところがマダムは話をきくと打って変って、好機嫌、二つ返事、折かえし挨拶にきて、

「おくにへ御かえりですってね。お名残おしいわ。御上京の折は忘れず寄ってちょうだい。銀座へんから電話で誘って下すっても、駈けつけるわ。真夜中に叩き起して下すってもよろしいわ。今日はお名残りの宴会やりましょう」

「でも、もう、汽車にのらなきゃいけないから」

「あら、小田原ぐらい、何時の汽車でもよろしいじゃないの。じゃア先生お料理はありませんけどお酒はありますから、ちょっと飲んでらして」

「暗くならないうちに着かなきゃいけないから」

「あら御自分のうちのくせに。ねえ奥様。そんなに邪険になさるなんて、ひどいわ。奥様、一時間ぐらい、よろしいでしょう。先生をおかりしてよ。奥様は荷物の整理やらなさるのでしょう。ほんとに先生たら、水くさい方ね」

庄吉はマダムの部屋へ招じられて、もてなしをうける。荷物の整理などもうできてるから残念無念の一時間、

「もう時間だわ、行きましょう」

「あら、今、料理がとどいたばかりよ、これからよ、ねえ、先生」

その言葉に目もくれず、もうマッカ、酔眼モーローたる宿六の腕をつかんで、

「さ、行きましょうよ」

「お前も一パイのめ」

「ほら、ごらんなさい。そんなになさると嫌われてよ。ヤボテンねえ、先生」

「ヤボテンだって、オセッカイよ。あなたは何よ、芸者あがりのオメカケじゃないの。私は女房よ」

変ったところで気焔をあげる。庄吉もまだ限度のわかる酔態で、都落ちの悲惨まだ胸につかえて残っているから、案外おとなしく立ちあがる。マダムがスッと立ちあがり庄吉のうしろへ廻って二重トンビをかけてやろうとすると、女房は物も言わず、ひったくり、小さな庄吉を抱きだすようにグイグイ押して廊下へでる。

「先生、御上京待っててよ。すぐ電話で知らせてね」

庄吉がふりむいて挨拶しようとすると、女房は首筋へ手をかけ捩じむけて出口へ向けて

突きとばし、庄吉はヨロヨロヒョイヒョイ突かれ押されて往来へとびだし、天下晴れて振りむいたら、もうマダムの姿はなかった。

「チェッ、ざまみろ、いいきみだ」

女房はプンプン怒っているが、マダムはたぶん部屋の中で笑いころげているだろう。女房よりも、然し庄吉がもっとからかわれ侮辱され弄ばれ嘲笑されている、それが庄吉には腹にしみて分るのだ。然し、己れのほかの何人も呪うべきものはない。仕事、仕事、ただ仕事あるのみ、こうして庄吉は都を落ちた。

★

小田原の生家には亡夫のあとを守って彼の母が孤独な生活をつづけている。まことに気丈な孤独生活で、長年小学校の訓導、男まさりの生活、そのうえ亡夫と一緒のころから孤独には馴れていた。なぜなら亡夫は外国航路の船長で、大部分は海で暮して、たまに帰ると家よりも青楼《せいろう》*で深酌高唱、時にはまだ学生の庄吉をつれて出たまま倅まで青楼へ泊めてしまうていたらくで、亭主と顔を合せるたびに剣客が他流試合をするような長々の生活に馴れてきたのだ。

亡夫の遺産は年端もゆかぬ庄吉がみるみる使い果し家屋敷は借金のカタにとりたてられ、

執達吏《しったつり》**はくる、御当人は逃げだして文学少女とママゴトみたいな生活して、原稿は売れず、酒屋米屋家賃に追われて、逃げ廻り、居候、転々八方うろつき廻り、子供が病気だのと金をせびりにくる、彼女は長年の訓導生活で万金のヘソクリがあるからそれを見こんで庄吉が騙しにくるのだけれども、もう鐚一文《びたいちもん》やらないことにしている。下宿を追われ、どこかの居候もいにくくなると、小田原へ逃げのびてきて糊口をしのぎ、原稿をかいてどこかの部屋をかりる当がつくとサッサと飛びだすという習慣、恩愛の情など微塵もなく、ただもうヤッカイ千万な奴だと思っている。

然しそのとき庄吉には都落ちを慰めてくれる非常に大きな希望があった。それは東都の第一流の大新聞が連載小説を依頼してくれたからで、近頃では新聞の連載などではカストリもろくに飲めないけれども、そのころの新聞連載、それも彼の依頼を受けた第一流の新聞ともなれば、生活は一気に楽になる。

庄吉は孤高の文学だのストア派などと言われ当人もその気になっていたが、実際の心事はそうではなくて、何よりも金が欲しい。貧乏はつらいのだ。そのくせ武士は食わねど高楊子、金なんか何だい、ただ仕事さえすりゃいいんだ、静かな部屋、女房子供に患わされぬ閑居があれば忽ち傑作が出来あがるような妄想的な説を持している。

＊青楼＝遊女のいる所。妓楼。遊女屋。＊＊執達吏＝強制執行や裁判文書の送達などを行なった役人。

彼は然し実際は最も冷酷な鬼の目をもち、文学などはタカの知れたもの、芸術などというと何か妖怪じみた純粋の神秘神品の如くに言われるけれども、ゲーテがたまたまシェクスピアを読み感動してオレも一つマネをしてと慌てて書きだしたのが彼の代表的な傑作であったというぐあいのもの、古来傑作の多くはお金が欲しくてお金のために書きなぐって出来あがったものだ、バルザックは遊興費のために書き、チェホフは劇場主の無理な日限に渋面つくって取りかかり、ドストエフスキーは読者の好みに応じて人物の性格まで変え、あらゆる俗悪な取引に応じて、その俗悪な取引を天来のインスピレーションと化し自家薬籠の大活動の源と化す才能をめぐまれていたにすぎない。通俗雑誌の最も俗悪な注文に応じても、傑作は書きうるもの、そういうことを彼は内実は知っていた。

事実に於て文学はそういうものだ。自由というものは重荷なもので、お前の自由に存分の力作をたのむ、と言われると却って困却することが多い。本当に書きたいもの、書かずにいられぬものはそう幾つもあるものではないからだ。だから、通俗雑誌などから注文をつけられたり、こんなことを書いてくれと言われると、却ってそれをキッカケに独自な作家活動が起り易いもの、なぜなら、作家は自分一人であれこれ考えている時は自分の既成の限界に縛られそこから出にくいものであり、他から思いもよらない糸口を与えられると、自分の既成の限界をはみだして予測し得ざる活動を起し新たな自我を発見し加えることができやすいからだ。だから、誰からもうるさいことを言われず、家庭のキズナを離れ、思う存分に傑作を書きたいなどとは空疎な念仏にすぎず、傑作は鼻唄まじりでも喧噪の巷に於ても書きうるもの、閑静な部屋でジックリ腰でもすえればそれで傑作が書けるというような考えは悲惨な迷信だ。

同様に亦、名も金もいらない、ただ存分に、良心的な仕事を、などという精神主義も最も文学を誤るもので、作家が持てる才能を全的に発揮するには心の励みが必要で、名や金は要するに心の励みだ。心に励みがなければ、いかほど大才能に恵まれていても、それを全的に発揮することはできない。ドストエフスキーほどの大天才でも、いったん世間の黙殺にあうと二十年近く、まったく愚作の連続、いたずらに人を模倣し、右コ左ベン、*全然自分の力量を現し得ない。落伍者ほどウヌボレの強いものはないが、ウヌボレと自信は違って、自信は人が与えてくれるもの、つまり人が自分の才能を認めてくれることによって当人が実際の自信を持ち得るもので、ドストエフスキーほどの大天才でも人々に才能を認められ名と金を与えられて、はじめて全才能を発揮しうる自信に恵まれることができた。

無名作家が未来の希望に燃えて精進没入するのと違って、庄吉の如くにいったん一応の文名を得ながら、いつまでたってもウダツがあがらず、書く物は概ね金にならず、雑誌社

＊右コ左ベン＝右顧左眄、あたりの様子や周囲の思惑を気にして，決断できず迷うこと。

へ持ちこんでも返されてしまう。そういう生活がつづいては自信を失い、迷うばかりで、ウヌボレばかり先に立ち徒らに力みかえって精進潔斎、創作三昧、力めば力むほど空疎な駄文、自我から遊離した小手先だけ複雑な細工物ができあがるばかり、苦心のあげくにこしらえものの小説ばかりが生まれてくる。庄吉は近代作家の鬼の目、即物性、現実的な眼識があるから、もとより這般《しゃはん》*の真相は感じもし、知ってもいた。そのくせ時代の通念がその自覚に信念を与えてくれず、自信がなくて、彼は徒らに趣味的な文人墨客的気質の方に偏執し、真実の自我、文学の真相を自信をもって知り得ない。

だから金が欲しくてたまらなくとも、通俗雑誌には書かないとか、雑文を書いちゃいけないとか、注文をつけてきたからイヤダとか、まことの思いとウラハラなことを言って、徒らに空虚に純粋ぶる。

東都第一流の大新聞から連載小説の依頼を受けて、燃え上るごとくに心が励んだけれども、子供の学校のこと、女房のこと、オフクロの顔を見てたんじゃ心が落付かないんだ、下らぬ文人気風の幻影的習性に身を入れて下らなく消耗し、ともかく小田原の待合の一室を借りて日本流行大作家御執筆の体裁だけととのえたが、この小説が新聞にのり金がはいるのが四五ケ月さきのこと、出来が悪くて掲載できないなどと云ったらこの待合の支払いを如何にせん、そんなことばかり考えて、実際の小説の方はただ徒らに苦吟、遅々として進まない。

せっかく燃えひらめいた心の励みも何の役にも立たなくなり、いったん心が閃いただけ、遅々として進まなくなり、わが才能を疑りだすと、始めに気負った高さだけ、落胆を深め、自信喪失の深度を深める。徒らに焦り、ただもう、もがきのたうつ如く心は迷路をさまよい曠野をうろつく。

元々彼の近作はその根柢に於て自我の本性、現実と遊離し苦吟の果の細工物となり、すでにリミットに達していた。このリミット、この殻を突き破り一挙にくずして自我本来の作品に立戻るにはキッカケが必要で、それには心の励みが何よりの条件になるものであるのに、天来の福音をむざむざ逃して、今では福音のために却って焦りを深め、落胆をひろげ、心を虚しくしてしまった。

待合の一室に無益に紙を睨んで、然しうわべは大新聞御連載の大作家、膝下に参ずる郷里の後輩共を引見して酒、酔っ払ってむやみに威張って、おい大金がはいるんだから心配するな、むかしの三枝さんと違うんだからな、酒はどうも胃にもたれていけねえ、ウイスキーはねえか、オールドパアがいいんだ、などと泥酔して家へ帰る。女房柳眉《りゅうび》を逆立てて、「「どこをノタクッて飲んでくるのよ。お米やお魚を買うお金をどうしてくれるの。それ

＊這般＝これら。この辺。このたび。今般。

を一々おッ母さんに泣きついて貰ってこなきゃアいけないの。おッ母さんから貰ってくるなら、あなたが貰ってきてちょうだい。さもなきゃ、私はもう小田原にはいないから」

「何言ってやあんだ。行くところがあったらどこへでも行きやがれッてんだ」

然し胸の底では彼の心は一筋の糸の如くに痩せるばかり、小説を如何にせん、もはや書きつづける自信もない、待合の支払い、連日の酒代を如何にせん、この機会にして書き得なければもはや文学的生命の見込みもない、この切なさを何処に向ってもらすべき。

酔いからさめれば、女房のくりごとも胸にくいこむ。いくらでもないお魚の代金まで母に泣きつく女房のせつなさ、もとより彼自身のせつなさなのだ。心配するな、金策してくる。そこで雑文を書き上京して雑誌社をまわり、三拝九拝*ねばりぬいて何がしの金を手に入れる、友だちとお茶をのんで、なんしろ一枚のヒモノを買う金もないてんで女房の奴怒り心頭に発して、などと白昼は大いにケンソンしてお茶をなめているけれども、夕頃に近づくと、どうも飲まずに汽車にのるのはテレちゃうな、ちょっとだけ飲もう、そこでちょっと飲む、まアいいや、今の汽車は通勤の帰りの人でこんでるからなどと、終列車で深夜に帰る。泥酔して、よろめき、ころがり、泥にまみれて、無一文、おまけに襟のあたりに口紅がついている。

「この口紅は何よ」

「アハハハ。バレたか。アハハハ。それは疑雨荘のマダムに可愛がられちゃったんだ。アハハ」

本当は新橋の片隅の横丁のインチキバアで人喰人種の口のような女にかじりついて貰ったのだが、貧し貪すれば残るものは弱い者いじめの加虐癖ぐらいのもの、しすましたりと嬉しそうにダラシなく笑って、こう言う。女房は烈火の如く憤り、気も顚倒した。彼女は宿六とマダムの交際の真相については露いささかも知らないのだから、貧苦に追われて流浪十幾年、積年の怨み、重なる無礼、軽蔑、カンニンブクロの緒が切れた。

翌日早朝、手廻りのものを包みに人気のない小田原の街を蹴るが如くに停車場へ、上京して、宿六の弟子の大学生浮田信之を訪ねてワッと泣いた。

この大学生はこの前の失踪中もちょっと泣きに行って色々といたわられ、失踪からの帰りには一緒についてきてくれて宿六にあやまってくれたのである。ところがまだ大学生のことだから、一番ありふれた俗世の実相がわからない。夫婦喧嘩は犬も食わないと云って、昔から当事者以外は引込んでいるべき性質のものだが、彼はすっかり女房の言うことをマに受けて、失踪帰りの女房について送ってきたとき、先生、変な女にひっかかるの言語道断などと一人前に口上をのべて先生を怒らせてしまったものだ。

＊三拝九拝＝三拝と九拝の礼。転じて何度も頭を下げること。

そこで鬱憤もあるところへ、再び女房がワッと泣きこんできたから、大いに同情し、行くところがないから泊めて、と言うが、脛カジリの大学生では両親の手前も女は泊められない、そんなら一緒に旅館へ泊りに行きましょうと、元々その気があってのことで、手に手をとって失踪してしまった。

一週間すぎても帰らない。庄吉もまったく狼狽して実家へ問い合せたがそこにも居らず、探してみると浮田信之と失踪していることが分った。浮田の父親は仰天して庄吉の前に平伏し、倅めを見つけ次第刀にかけても成敗してお詫び致します、ママア、そんな手荒なことはなさってはいけません、と彼もその時は大人らしく応待したが、さてその日から、彼は一時に懊悩狂乱、神経衰弱となり、にわかに顔までゲッソリやつれ、癈人の如くに病み衰えてしまった。

★

庄吉は後輩の栗栖按吉に当てて手紙の筆を走らせた。こういう時に思いだすのは、この憎むべき奴一人なのである。疑雨荘で女房が失踪したあとでも、女房子供と別居して彼の下宿へ一室をかりて共に勉強しようかと思いつき、その一室がなくて小田原へ落ちのびたが、落ちのびる前日風の如くに訪ねてきて、荷物を片づけてくれたのもあの憎むべき奴であった。

そこで庄吉は按吉に当てて、この手紙見次第小田原へ駈けつけてくれ、君の顔を見ること以外に外の何も考えることができない、という速達をだした。

然し彼はこの三年来、按吉ぐらい憎むべき奴はいないのだった。憎むべく、呪うべき奴なのである。もっとも、親切な奴ではあった。夜逃げの家も探してくれる、借金の算段もしてくれる、夜逃げごとに変る倅の小学校の不便を按じて私立の小学校へ入学させてくれる、そういう時は親身であった。然し彼は先輩に対する後輩の礼儀というものを知らないのである。

会えば必ず先輩庄吉の近作をヤッツケる。庄吉は酔っ払うと自分で自分にさんをつけて三枝さんと自称したり三枝先生と自称する。すると按吉は、うぬぼれるな、と言う。なんだい、近ごろ書くものは。先生ヅラが呆れらア、てんで小手先のコシラエ物じゃないか、殻を背負って身動きもできないじゃないか、第一なんだい、自分の小説を朝昼晩朗読するなんて、あさましいことはやめなさい。こういうことを言う。必ず言う。

三枝庄吉は怒り心頭に発し、彼を知る共同の知友に手紙を書いてアイツはウヌボレ増長慢の気違い、礼儀を知らず、文学者の風上に置けぬ奴と宣言を発し、忿怒、憎悪、三ヶ年、憎さも憎し、然し、ふと、苦悩の度に奴を思う。そして速達を書いてしまう。親友の大門次郎に絶交されたときも、やにわに奴めに速達をだして来てもらったし、然し又、すぐ腹も立つ。

按吉は速達を見るとすぐ来たが、あんまり庄吉がやつれ果ててしまったので呆気にとられた。額の肉までゲッソリ落ちて、顔がひどく小さくなり、按吉の片手の握り拳におさまるぐらい小さくなって、その中に目と鼻と口だけは元の大きさにチャンとあるから、ミイラのように黒ずんで、喋るとまるで口だけが妖怪じみて動きだす。目と鼻と口をのぞくと、あとは黄濁した皺と毛髪だけであった。

「ああ、よく来てくれたな。会いたかったな。会えてよかった。あれから君はどんなに暮していた。君の部屋は静かなのか。勉強はできたか。ああ、今日はオレは幸せだ。ようやく君に会えたのか」

按吉は又呆気にとられた。酒に酔った場合の外は、陰鬱無言、極度に慎しみ深くハニカミ屋で、およそ感情を露出することのない庄吉であったから。

庄吉は頻《しき》りに泊ることをすすめたけれども按吉は締切ちかい仕事があるからと言って強いてことわった。それというのが、病みやつれた庄吉と話しているのが苦痛で堪えられなかったからで、一向にはやらない三文文士の栗栖按吉に締切に追われる仕事もないものだが、それをきくと庄吉は全然すまながって、そうだったか、無理にきてくれたのか、かんべんしてくれ、小さくちぢんだ顔はそれだけでもう元々涙をためているように見えるのであった。

それでも按吉は色々と言葉をつくして、たとえ女房が浮田と失踪しても必ずしも肉体の関係があるとは限らない。元々痴情の家出ならともかく、亭主と喧嘩して飛びだす、そういう場合は別で、自分はさる娘と十日あまりも恋愛旅行をしたことがあるが娘は身をまかせなかった、女房も今度の場合のような家出はそんなようなもので、一応は必ず肉体的なことはイヤだと言うにきまっているのだから、相手がまだ学生で坊ちゃんの浮田のことだからそれを押してどうすることになる筈がなく、極めて感傷的な旅行にくたびれているぐらいのところだろう。むしろ機会を失し、帰るに帰られず煩悶しているのかも知れず、それやこれやで御両名遂に心中というようなことになってもなお肉体の関係はないかも知れぬ。世上の俗事は、案外そんなもので、一向人目につかず亭主に知られぬような浮気に限って深間へ行っているもの、こういう派手な奴は見かけ倒しで、両名却《かえ》ってただ苦しんでいるぐらいのところだ、などと慰めた。そしてまだ陽のあるうちに、さっさと帰ってきてしまったのだ。

按吉に慰められているうちは庄吉も力強いような気持で、すっかり相手にまかせきり安心しきってウンウンきいていたが、按吉がさっさと帰ってしまう、待ちかねたものを待つうちはまだよかったが、すでに来《きた》り、すでに去った、按吉のいるうちこそはそこに何がしの説得力もあったにしても、按吉去る、その残された慰めの言葉は何物ぞ、ただ空虚なる冗言のみ、女房はおらぬ、男と共に失踪している、この事実を如何にすべき。

庄吉の消耗衰弱は更に又、急速度に悪化した。

庄吉の小学校時代からの後輩で文学青年の戸波五郎が、ちょうど彼の家と露路をへだてて真向いに住み、縁先からオーイとよぶと向うの家から彼の返事をきくことができる。戸波は庄吉の東京にいる頃、東京にすみ、本屋の番頭で、殆ど三日にあげず遊びにきていた仲よしで、一緒に方々借金をつくって飲み歩いた仲間であるが、この一年来小田原へ戻って駅前に雑文堂という書物の売店をひらき、毎日出かけて行く。尤も、小僧に店をまかせて、時にはオトクイ廻りもやるが、自分は昼から酒をのんでいるようなことも少くはなく、売上げをその一夜に飲みあげて足をだして、もう夜逃げも間近かなところに迫ってもいた。

心配ごとで消耗する。何よりも友達が恋しい。友達がきて一緒にいてくれると、時には苛々何かと腹が立つこともあっても、どこか充ち足り、安心していられる。

戸波は大飲み助で、宿酔《ふつかよい》の不安苦痛、そういうものは良く分り、そういう時には極度に友達が恋しいもので、その覚えが自ら常にナジミの深いことだから、庄吉の友恋しさに同情して、オーイと庄吉が向うの家で呼んでいると、出かけて行って、無理して相手になってやる。尤も彼自身宿酔とか夜逃げ以上の悩みはなくて自分にないことは敢《あえ》て想像に及んでまで同情してやる余地はない。これは誰しもそういうもので、だから庄吉が話の途中に急にイライラとシゴキを握ってピンポン台の足にからめつけて輪をつくり、輪に首を突ッこんでグイグイひいて、これじゃア死ねねえかな、イライラとシゴキを握って又首をつッこみギュウギュウ腕でひっぱりあげる。まるでもう気違いの目で、濁って青くて、暗くギラギラしている。それでも、まさかに自殺というようなことを想像してみなかった。

それから四五日後のことだ。

庄吉が家の中からオーイ、オーイとよんだが返事がない。そこで庄吉が下駄を突っかけて、戸波の家の戸の外へきて、

「居ねえの？　戸波」

戸波の妻君は女給あがり、至って不作法で亭主を尻にしいてフテ寝好きの女で、部屋の中からブツブツ怒り声で、

「居ないわよ」

「どこへ行った？」

「そんなこと、知らないわよ」

庄吉はそれきり黙って戻って行った。戸波がこのとき家にいれば、元より何ごともなかったのである。

庄吉は縁側へきて、坐っていたが、イライラ立って部屋の方へ、座敷からピンポン台のある部屋奥の部屋それを無意味に足早に歩いて又縁側へ戻ってきて、イライラ坐った。ちょッと坐っていたかと思うと、又ぷいと立ち上って子供部屋へはいった。

それから十分、戸波が帰ってきた。今三枝さんが呼びに来たわよときいて、玄関からはいらず庭先から縁側の方へ廻ってきた。戸波はいつも庭先から廻ってくる習慣なのである。子供部屋は縁側の外《はず》れにあった。この部屋はちょうど屋根裏に似て、天井がなく、梁がむきだしてあり、その梁が六尺ぐらいの高さでしかない。つまり物置のようなものをつけたして、縁側をひろげたわけ、板の間で、椅子テーブルが置いてある。洋間のようになっているが、扉がないから、庭先から中の気配が分るのだ。

何か人の気配がする。それで戸波が庭先からのぞきこんでみると、庄吉の母、訓導あがりのデップリ体格のよい堂々たるお婆さんだが、何かを両手でジッと抑えている。後向きで何を抑えているのだか分らないが、何か動くものを動かないように、ジッと抑えている感じである。それで戸波が縁側へあがって、

「御隠居さん、何ですか」

声をかけてはいって行くと、ふりむいて、光る目で、ギラリと睨んだ。

「馬鹿が死にました」

それから抑えていたものの手をはなして、出てきて、

「医者をよんできて下さい」

と言った。

戸波が中を見ると、梁にシゴキをかけて、庄吉がぶらさがっていた。高さが六尺ぐらいしかない梁だから、小男の庄吉はちょうど爪先で立っているように、ほとんど足が床板とスレスレのところで、かすかにゆれていた。涙が二本、長く垂れて目を赤くむいて生きて狂っているようにギラギラしているのが見えたのである。庄吉の母は、たぶん子供部屋に異様な物音をききつけて、すぐ立上ってはいって行ったものだろう。戸波は庄吉を梁から下して、医者へ走って行った。

★

私は電報がきて小田原へ行ったが、私がついてまもなく、その日の新聞で良人《おっと》の自殺を知った女房が帰ってきた。彼女は私にちょっと来て下さいと別室へつれて行き、箪笥からとりだしたのか、喪服に着かえながら、

「あいつ、私を苦しめるために自殺したのよ」

「そんなことはないさ。人を苦しめるために人間も色んなことをするだろうけど、自殺はしないね。ヒステリーの娘じゃあるまいし、四十歳の文士だから」

「うそよ。あいつ、私を苦しめるためなら、なんだってするわ。いやがらせの自殺よ」

「まア、気をしずめなさい」

私はふりむいて部屋を去った。私には彼女が喪服を持っていたのが不思議であった。どうして喪服だけ質屋に入れていなかったのか、着る物の何から何まで流してしまった生活の中で。

私がそんなことを考えたのも、女の喪服というものが奇妙に色ッポイからで、特別それを着つつある最中は甚だもって悩ましい。そういう奇怪になまめかしく色っぽいのがポロポロ口惜し涙を流して、あいつ、私を苦しめるために自殺しやがった、という、私もこれには色ッポサの方に当てられたから、さっさと逃げだしてしまった。まことにお恥しい次第である。

私はその後いくばくもなく京都へ放浪の旅にでた。一年半、それから東京へ帰った一夜、庄吉夫人の訪問を受けた。彼女はすさみきっていた。彼女はオメカケになっていた。オメカケというよりも売娼婦、それも最もすさみはてた夜鷹、そういう感じで、私は正視に堪えなかったのである。その後、実際に、そういう生活におちたというような噂をきいた。

庄吉は夢をつくっていた人だ。彼の文学が彼の夢であるばかりでなく、彼の実人生が又、彼の夢であった。

然し、夢が文学でありうるためには、その夢の根柢が実人生に根をはり、彼の立つ現実の地盤に根を下していなければならない。始めは下していたのである。だから彼の女房は夢の中に描かれた彼女を模倣し、やがて分ちがたく似せ合せ、彼等の現実自体を夢とすることができたのだ。

彼の人生も文学も、彼のこしらえたオモチャ箱のようなもので、オモチャ箱の中の主人公たる彼もその女房も然し彼の与えた魔術の命をもち、たしかに生きた人間よりもむしろ妖しく生存していたのである。

私は然し、彼の晩年、彼のオモチャ箱はひっくりかえり、こわれてしまったのだと思っている。彼の小説は彼の立つ現実の地盤から遊離して、架空の空間へ根を下すようになり、彼の女房も、オモチャ箱の中の女房がもう自分ではないことを見破るようになっていたのだ。

庄吉だって知っていた筈だ。彼の女房のイノチは実は彼がオモチャ箱の中の彼女に与えた彼の魔力であるにすぎず、その魔力がなくなるとき、彼女のイノチは死ぬ。そして彼が死にでもすれば、男もつくるだろうし、メカケにもなろう、淫売婦にもなるであろう、ということを。

彼の鬼の目はそれぐらいのことはチャンと見ぬいていた筈なのだが、彼は自分の女房は別のもの、女房は別もの、ただ一人の女、彼のみぞ知る魂の女、そんなふうな埒もない夢想的見解にとらわれ、彼が死んでしまえば、女房なんて、メカケになるか売春婦になるか、大事な現実の根元を忘れ果ててしまっていたのだ。

庄吉よ、現にあなたの女房はそうなっているのだ。

私はあなたを辱しめるのでもなく、あなたの女房を辱しめるのでもない。人間万事がそうしたものなのだ。

あなたの文学が、あなたの夢が、あなたのオモチャ箱が、この現実を冷酷に見つめて、そこに根を下して、育ち出発することを、なぜ忘れたのですか。現実は常にかく冷酷無慙《むざん》であるけれども、そこからも、夢は育ち、オモチャ箱はつくれるものだ。

私はあなたの女房のサンタンたる姿を眺めたとき、庄吉よ、これを見よ、あなたはなぜこれを見ることを忘れたのか、だからあなたはあんなに下らなく死んだのだ、バカ、だから女房が実際こんなにあさましくもなったんじゃないか、あなたは負けた、この女房のサンタンたる姿に、なんということだ、あんな立派な鬼の目をもちながら。

私は、あなたの実に下らぬ死を思い、やるせなくて、たまらなかったのだ。

（『光』一九四七年七月号）

【解説】

一矢の力

佐田　暢子

　坂口安吾はわたしの焦がれてやまない作家であった。五十年以上もまえの高校生のときのことである。作品のジャンルは問わない。内容を深く理解していたはずもないが、読めば不思議と落ち着いた。だから、吸い寄せられるように読んだ。

　これも愛読したリルケの『マルテの手記』（大山定一訳）のなかに、「ママンは事柄を重要なことと重要でないことに振り分ける才能がまるでなかった。」という一文がある。当時のわたしはそれと似た状態であった。頭のなかにさまざまな印象でいっぱいで、みな同じ比重を持っていた。そのなかには生きるには不要だろうと思うものもあったが、わたしはどれも捨てられず、いつも混沌としていた。気持ちが不安定になると安吾を読んだ。不安がパッパッパッと箒で掃き出される。そして心が空っぽになる。たしかなものが残るわけではないが、わたしには空っぽになることが必要であった。

とりわけよく読んだのは『白痴』である。通学鞄に入れて持ち歩いていた。冒頭の「その家には人間と豚と犬と鶏と家鴨が住んでいたが、まったく、住む建物も各々の食物も殆ど変わっていやしない。」という部分を読みはじめると、心がしずまっていった。惹かれた理由は文章の持つ痛烈さであったろう。

古希を過ぎて再読する機会を得、まとめて読んでみた。もうこんな時間はとれない。作品にも若かりしころの自分にも微苦笑する場面もあったが、次第に背筋が伸びていくのがわかった。作品の完成度が高いというのではない。もとより安吾はそんなものに重きを置く作家ではない。わたしを揺すぶったのは安吾の真剣さであった。

『白痴』の主人公伊沢は、ひょんなことから白痴の女とふたりで戦火を逃げまどうことになり、かろうじて命拾いするが、そのときにはもう女への執着をまったく失ってしまう。気持ちの変化が大きすぎる。それも徐々にではなく、とつぜん出番が替わる。はじめから共存していたようなこの執着と放棄は、どちらが顔を出すときも必死であった。若いときのわたしはそこにみずからの恋愛の行く末をかさねていたが、いまは白痴の女は戦時を生きる人間そのものであったと思う。まともな感受性や思考力を持ったままではいられなかった。安吾は、この不条理が人間の持つ根源的な危うさだといっているのかもしれない。『白痴』では自己放棄した人間を描いた安吾だが、『日本文化私観』や『堕落論』では、「やむべからざる実質」こそが美しく価値があるという理念を、ものや文化、人間に対しても一貫して主張している。「必要」という言葉も使っているが、わたしは二者には微妙なちがいがあるように思う。前者のほうが文学的な気がするだけかもしれないが。わたしがはじめて『堕落論』を読んだとき味わったのは、感動ではなく興奮であったと思う。堕落と退廃のちがいも考えなかった。安吾のいう堕落には意志がある。それが破壊と創造を同時にひき起こす。ただ沈んでいく退廃とは異質のものだ。

安吾の描く女もおもしろい。安穏や持続を求めないから、必然的に逸脱した人物が出てくる。『夜長姫と耳男』『青鬼の褌を洗う女』『桜の森の満開の下』などの女も奔放で反省を知らない。飽くなき欲望を追って動きつづける。安吾はむしろ、そこに人間らしさを見ているようだ。『桜の森の満開の下』の女はなんの象徴であったか。そして、彼女に振り回された男までが、なぜ桜の森に消えなければならなかったのか。最後の際限なく桜が舞い散る場面は圧巻で、わたしはいまもそこに立たされる。

いっぽうで、わたしは作品と同じくらい安吾の生活に興味があった。安吾は少年時代は腕白だったが、中学生になると授業を抜け出すようになる。視力が落ちて黒板の字も読めなくなったのが引き金だが、松林に寝転んで書いた詩には単なる逃避ではない疎外感がにじみ出ている。『石の思い』にあるように「私のふるさとの家は空と、海と、砂と、松林であった」と推察できる。わたしはその疎外感に共鳴していた。また『いずこへ』には、新潟中学を退学させられたとき、学校の机の蓋の裏側に「余は偉大なる落伍者となっていつの日か歴史の中によみがえるであろう」と彫ったことが書かれてあり、驚きもし憧れもした。高校時代のわたしはまったく勉強をせず、成績は下がりつづけた。ある日、テストの答案用紙に「吾人は落伍者なりと妥協すべし」と書いて白紙のまま提出した。安吾の真似事をしたつもりだったが、ほんとうは、手も足も出なかったというだけのことだ。

作品が認められて世に出てからは、思いがけず流行作家になってしまった事態に、安吾自身が戸惑いはじめる。どの作品も普通の生活から生まれるとは思えなかった。それで妻の三千代さんが書いた『クラクラ日記』などを読み、安吾の日常を探った。ふたりは「割れ鍋に綴じ蓋」を思わせる夫婦で、一風変わった暮らしぶりではあったが、大胆に見える安吾の小心さも見えてきた。税金滞納による差し押さえにあったとき、税務署員との問答を想定して書いた「税金対策ノート」の冒頭は自己紹介である。下書きするほどのものではなかろう。ほかにも競輪の不正を確信して告発するなど、文学以外で話題になることも多かったが、堅牢な生活観を持っていることもわかった。

それは長男誕生時の命名書によく表れている。「坂口綱男　命名一九五三年八月十七日　チャック世に現れアトムまた世に現るとも綱の用の絶ゆることなかるべし　汝一本の綱たらば足らむ　綱たらむはまた巨力を要す　父　綱男君」安吾四十七歳のときのことであった。その四年後に安吾は急逝する。

この生活観がよく出ている作品がある。『風と光と二十の私と』であるが、作中で自身がいうように「教員時代の変に充ち足りた一年間というものは、私の歴史の中で、私自身でないような、思いだすたびに嘘のような変に白々しい気持がするのである」のだろう。代用教員の経験はわずか一年だが、そもそも教育とは、と語らずして問いかけている。教育の本質をとらえる鋭さは石川啄木の『林中書』にも通じるものがあり、安吾が啄木を読んでいたというのもうなずける。登場する子どもはみな困難をかかえており、個別の配慮を要する。換言すればかれらもまた、逸脱した人間であろう。安吾はかれらにこそ心を砕いた。

しかし、再読してもっとも強い印象が残ったのは『オモチャ箱』であった。まえに読んだときはモデルがだれなのかが気になった。ひとりは安吾として、自殺した作家の男は牧野信一ではないか、などと考えていた。作品の末尾は「私は、あなたの実に下らぬ死を思い、やるせなくて、たまらなかったのだ。」と結ばれている。男の死にいたる道程はたしかに切なくもあり歯がゆくもある。安吾はその道程をこう見ていた。「あなたの文学が、あなたの夢が、あなたのオモチャ箱が、この現実を冷酷に見つめて、そこに根を下して、育ち出発することを、なぜ忘れたのですか。現実は常にかく冷酷無慙であるけれども、そこからも、夢は育ち、オモチャ箱はつくれるものだ。（中略）あんな立派な鬼の目をもちながら。」情緒的すぎる感はあるが、胸が熱くなった。このオモチャ箱は鬼の目を持つもののオモチャ箱だ。命がけのオモチャ箱だ。たわむれに手に取ってはならない。

ふと、安吾がいま生きていたらどんな作品を書くだろう、と考える。なんでもありの世の中は生きやすいにちがいない。人間解放の道筋をたどっている。しかしそのことだけで、ほんとうに安心してよいのだろうか。安吾のいったオモチャ箱はだれの手にも載るようになった。文学は読みものの範疇におさまってよいのか。それだけではない。わたしには世の中ぜんたいが幼稚化しているように見える。狡猾な手段で人を欺きながら、批判されても反省の仕方を知らない。そんな大人が社会の目立つところを堂々と歩いている。そしてその事実を知ったものもまた、「空気を読む」などという妙な造語にまとわりつかれ、率直さを失ってしまった。安吾はとうてい黙過できないだろう。

しかし、新しい言葉を待つまでもない。安吾の残した作品はじゅうぶんに、現代に放つ痛烈な一矢なのだ。ぬるま湯につかってうたた寝しているところに突き刺さる。わたしはその力を感じとれる人間でありたいと思う。

いまこそ、多くの人に安吾を読んでほしい。

(『白桃』18号、二〇二三年三月)

佐田暢子（さた・のぶこ）＝作家。一九五〇年福岡県生まれ。元小学校教員。一九九五年第一回民主文学新人賞受賞。作品に『朝まだき青の流れに』(新日本出版社)、『冬の架け橋』(本の泉社)『半夏生』(同）など。

坂口安吾（さかぐち・あんご　1906・10・20－1955・2・17）
本名：炳五（へいご）。新潟市生まれ。中学を放校されて上京、東洋大でインド哲学、アテネ・フランセでフランス語を学ぶ。
アジア太平洋戦争中は「日本文化私観」「青春論」などのエッセイを書き続け、戦後、「白痴」「堕落論」で注目を浴びる。独特の視点を持った鋭い文明批評を発表するかたわら「不連続殺人事件」などの探偵小説も書いた。

「新《あたら》しい戦前《せんぜん》」の時代《じだい》、やっぱり安吾《あんご》でしょ　坂口安吾傑作選《さかぐちあんごけっさくせん》

2023年3月25日　第1刷発行

著　者　坂口安吾
発行者　浜田和子
発行所　株式会社 本の泉社
〒112-0005　東京都文京区水道2-10-9　板倉ビル2F
電話 03-5810-1581　FAX 03-5810-1582
https://www.honnoizumi.co.jp/
印　刷　音羽印刷株式会社
製　本　村上製本所

ISBN978-4-7807-2236-9 C0093